KEITAI
SHOUSETSU
BUNKO
SINCE 2009

クールなヤンキーくんの
溺愛が止まりません！

雨乃めこ

◎ STARTS
スターツ出版株式会社

イラスト/月居ちよこ

「……姫野さんのこと、好きだから」
顔をまっ赤にして
私にそう告白したのは
校内一の銀髪クールヤンキー!!
「……こんなに好きなのにダメ？」
「好きって……言ってよ」
「キス……いやだった？」
冷血なヤンキーだと思っていた彼が
別人みたいにデレデレで
ドキドキが止まらない!!

☆｡o.:*･°☆.｡.:*･°☆.｡.:*･°☆.｡.:*･°☆*:.

内気な美少女（ぼっち姫）
姫野沙良
×
校内一の銀髪ヤンキー
黒川南夏

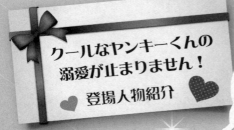

クールなヤンキーくんの溺愛が止まりません！
登場人物紹介

姫野 沙良（ひめの さら）

内気な高校2年生。校内で有名な美少女だけど、本人はそれを自覚していない。ある日突然、南夏に告白されて戸惑いながらも、実は優しい彼に惹かれていく。

水田 美蘭（みずた みらん）

沙良のクラスの学級委員。しっかり者で、友達づきあいが苦手な沙良にも気さくに話しかけてくれる素敵女子。

黒川 南夏 (くろかわ なつ)

学校一の不良と噂されるイケメン。クールで近寄りにくいと思われがちだけど、本当は沙良のことが大好きな一途男子。彼が喧嘩をするのは沙良のためのようで…?

大道寺 楓 (だいどうじ かえで)

南夏と音楽の幼なじみ。沙良たちの通う高校に好きな人がいるようで…?

愛葉 音楽 (あいば おとら)

南夏の幼なじみ。チャラそうに見えるけれど、明るくて友達思いな性格。南夏と沙良の恋を応援している。

☆ contents

クールなヤンキーくんの溺愛が止まりません！

出会い	10
告白	26
友達関係	42
想い	58
デート	78
学園祭	99
ヤキモチ	141
涙のあと	153
離さない	165
生まれてきてくれて	187
初恋	199
これからも	211

番外編 1
夏は別れの危機 !? _____ 220

番外編 2 ＊書き下ろし＊
憧れの看病 _____ 280

あとがき _____ 316

クールなヤンキーくんの
溺愛が止まりません！

出会い

　クラスメイトがざわざわとおしゃべりを楽しんでいる平和な休み時間。

　私はひとり、窓際の席で次の授業の予習をする。

　昔から人と話すのが苦手で内気な性格の私は、"花の女子高生"であるはずの今、気づけば教室の端でひとりぼっち。

　もう高校2年の10月だっていうのに、クラスにまだ溶け込めていない状況に、自分で自分のことが嫌になる。

「姫野さんっ」

　突然誰かに名前を呼ばれ、条件反射のように身体がガチッと固まる。

　視線は手に持った教科書を見つめたまま。

　教科書越しの視界に、フワッと揺れる長い黒髪と女子の制服が映った。

「今週の土曜日、クラスで集まってカラオケに行こうってことになったんだけど……姫野さん、来られる？」

　この声は、学級委員の水田さんだ。

「あ……えっと……」

　教科書から目線をそらさないまま口ごもる。

　これはクラスのみんなと仲良くなるチャンスかもしれない。

　行かなきゃこのまま何も変わらないと思えば思うほど、

緊張して言葉が出ない。
「あ、参加したくなかったら全然大丈夫だよ！　気にしないで！」
「……あ……すみません……」
　水田さんの目を見ることができない。
「ううん。こちらこそごめんね、勉強のジャマしちゃって！」
　水田さんはそう言うと、ササッと私の視界からいなくなった。
「はぁ……」
　深くため息をつく。
　また大きな失敗をしてしまった。
　せっかく、クラスの子と仲良くなるきっかけをもらったのに。しかも学級委員の水田さんと話すチャンスだったのに。

　昼休み、私は中庭のベンチでひとりお弁当を食べる。
　この時間が一番落ち着く。
「あ、姫野さん！」
　誰かにまた名前を呼ばれた。
　ハッとして顔を上げると、１年生の時に同じクラスだった子がこちらに手を振っていた。
　私はすかさず手を振り返す。
　教室の外だと、人と接するのがわりと平気だったりするんだけどな。
　私は教室の雰囲気がとくに苦手だ。

話しかけたい時も、相手を不快にさせないようにと言葉を選んでしまい、すごく時間がかかってしまう。
　少しでも間違ったことを言ったら、クラスメイトを敵に回してしまうかも……。そう思うと、怖くてなかなか話せない。
　中学生の時の体験が原因だ。
　クラスで目立つ女子達のグループがあった。
　その中のひとりが、グループの中心にいる子のことを、『いつもえらそうにしてる』って言ってたという噂が立ち、あっと言う間にハブられることになった。
　ひとりの人間の存在を消すかのように、クラスメイト達が無視しはじめて。
　あんなに仲良くしていたのに、そんなにあからさまに態度が変わるなんて……。
　最初はグループのメンバーだけだったのが、伝染病のように広まって、最後にはクラスのほぼ全員が無視していた。
　私は、傍観者だった。
　でも、何もしなかったということは、イジメに参加したってこと。
　ひどいイジメを目の当たりにして、人と接することの怖さを痛いほど感じた。
「南夏はどう思う？」
「……さぁ」
「相変わらず無関心だな〜」
　お弁当を食べながら、当時のことを振り返っていると、

目の前にある噴水の縁にガラの悪い男の子の集団がたむろしはじめた。
　ど、ど、ど、どうしよう!!!!
　怖いっ!!!!
　内気で存在感のない私でもチラッと見ただけですぐわかる校内ナンバーワンの不良集団。
　その中でもとくに、銀髪がトレードマークの黒川南夏くんが今年5月、3年生とのケンカで相手をボコボコにしてしまい、停学処分になったっていうのは私でも知ってる有名な話で……。
　逃げよう!!
　彼らのことは見ても見ぬフリをしたほうが身のためだ。
　私は食べかけのお弁当を慌てて片づける。
　残っているお弁当……どこで食べよう……。
　屋上に行ってみる？　いや、あそこは鍵がかかっていて開いてるわけないし。
　やっぱり、教室しかないかな……。
　外より落ち着いて食べられる気はしないけど、今ここで食べ続けるよりマシだ。
「ねぇ」
　もし変に絡まれたりしたら、それこそ学校に来れなくなっちゃうし。
「ねぇ」
　残りの学校生活、私らしく地味に何事もなく過ごせればそれで……。

「ねぇ」
　……な、何!?
　頭の上から声が聞こえてくるような気がする。
　気の……せい？
「ずっと呼んでるんだけど。姫野沙良さん」
「……っ!!」
　顔をおそるおそる上げると、さっきまで心の中で話題にしていた銀髪不良少年が、じっとこちらを見つめていた。
　嘘でしょ……？
　状況理解に苦しむ。
　体のいたるところから変な汗が吹き出してしまう。
　黒川くんのうしろでは、仲間の不良達がニヤニヤとこちらを見ている。
「な、な、なんでしょうか……」
　私は目を合わさないように、バッと顔を下に向けて、震えた声でそう聞く。
　どうして私は今、校内一の不良である黒川くんに話しかけられているのか!!
「人と話してる時は……」
「えっ？」
「ちゃんと相手の顔を見なよ」
　黒川くんはベンチに座る私の前でしゃがみ、上目遣いで顔をのぞき込む。
　バチッと目が合ってしまう。
　たしかに正真正銘の銀髪で、シャープな顎と綺麗に通っ

た鼻筋。

　ただの不良じゃなくて、モデルとかアイドルになりませんかってスカウトされちゃうんじゃないかってくらいのイケメンだ。

　初めてちゃんと顔を見た。

　……なんてこった。

　完全に絡まれてる。

　私は一体何をしてしまったんだろうか。

「す、すみませんっ」

　思わず謝ってしまう。

「お昼」

「……は、はい……？」

「まだ途中だったじゃん」

「……」

「残すの？」

「え……いや……」

　質問の意図が全然わからないまま、私はとっさに黒川くんの問いに答える。

　こんなに至近距離で男の子と話したことなんてなくて、心臓のバクバクが驚くくらい止まらない。

「……べつの場所で、食べます」

「なんで？」

「……えっと」

『あなた達が視界に入るようなところでは食事が喉を通らない』なんて言えるわけ……。

「俺達が場所変えるから。ちゃんと食べな」
　黒川くんはそう言うと、仲間のところに戻って何やら話し出す。すると、不良集団は一斉に噴水から離れていった。
　少しの間、心も身体もフリーズ状態。
　やっとの思いで必死に考える。
　今のは、なんだったんだろう。
　黒川くん……もしかして私に気を遣ってくれたの？
　いや……あの銀髪ヤンキーが……まさか……こんな地味女子のことなんか……ね……。
　そんなことあるわけない。

　午後の授業中も、お昼のあのシーンだけがずっと頭をぐるぐる回る。
　あの黒川くんと話してしまった。
　それも……。
『姫野沙良さん』
　そう私のフルネームを呼んだ。たしかに呼んだ。
　同じクラスになったことは一度もないし、そもそもこんなに影の薄い私なんかの名前を……なぜ？
　至近距離で見た黒川くんの顔を何度も思い出しては、心臓がドキドキする。
　先輩に暴力を振るって停学処分になるようなヤンキーじゃなければ、顔はすごくイケメンだからきっとモテるはずなのに。
　黒川南夏くん……。

一体、何者なんだろう。
　私の頭の中は、いきなり現れた銀髪ヤンキーでいっぱいだ。

「姫野さん、大丈夫だった？」
　休み時間もツラツラと考えごとをしていると、水田さんが近づいてきた。
「……えっ？」
「お昼休み、黒川くん達に絡まれていたでしょう？　窓から姫野さんのこと見かけて心配してたんだ」
「あ……」
　まさか、学級委員の水田さんが心配してくれるなんて。
「黒川くんってめちゃくちゃイケメンだけど、キレたらとっても怖そうだよね。姫野さんに何かしなかった？」
「……だ、大丈夫……」
「よかった〜。ごめんね、見てただけで。でも、黒川くんに目をつけられたら学校に来られなくなりそうだから、遠くから見守ることしかできなくて……」
「ううん。本当に何もなかったから大丈夫。こちらこそ、心配してくれてありがとう。水田さん」
　そうか、黒川くん、やっぱりそんなに恐れられているんだ。
　そんな人としゃべっちゃったんだ、私。

　1週間後。

「ゴホッ、ゴホッ、ゴホッ、ゴホッ」
「おい、沙良。本当に大丈夫か!? 今日は学校休んだ方がいいって……」

　朝、食卓の正面に座る５つ年上の大学生のお兄ちゃんが心配そうに言う。

　２日前から風邪の症状が出ていて、市販の薬を飲むようにしていたけど、なかなか治ってくれない。

「沙良、お兄ちゃんもこう言ってるし、今日は休んだら？」

　お母さんも心配そうに私を見つめる。

「平気……」

　休めるわけない。

　休んだ日のノートを見せてくれる友達なんていないもん。

「沙良、今日は休め。お兄ちゃんが看病してやるから。なんかほしいものあるか？」
「何を言ってんの。お兄ちゃんはちゃんと学校行きなさい！ 沙良の看病はお母さんがします！」
「だって……可愛い妹が病気なんだよ!? ほっとけるわけないじゃん！」

　また始まった……。

　極度のシスコン発言。

　昔からお兄ちゃんは周りが引くほど私のことを溺愛する、世で言うシスコン兄貴なのだ。

「お兄ちゃんがいたら沙良はよけいに病気になる！　だから沙良のこと思ってるならさっさと学校に行きなさい！」

「え――！　どうせ集中できねーし！　俺も沙良の看病する！」
「もー……大学生にもなってまだそんなこと……」
「沙良に何かあったら俺……」
　こうなるとお兄ちゃんは本当にうるさい。
　もう付き合ってられない。
「……行ってきます」
「え、沙良、大丈夫なの？」
「うん。家にいるより学校にいた方が治ると思うから」
　今はただ、わーわー騒ぐふたりから逃げたくて。
　頭痛がひどくなる前に。
　私は、サササッと玄関を出た。

　無事に学校に着いたけど……。
「ゴホッ、ゴホッ、ゴホッ」
　咳が全然止まらなくて体もだるい。
　でも、こんなんでへこたれてたらダメだ。
　私はひとりぼっちで、頼れる友達なんていないんだから。
　授業中、薬の副作用からか、極度の眠気と闘いながらシャープペンを握る。
　先生が書く黒板の文字や、黒板の上にかけてある時計の秒針と数字が二重に見える。
　ダメなのに。
　目を閉じたりしたら、いけない。
　起きてないと……授業についていかないと……。

いつの間に閉じていた目をゆっくり開ける。
まっ白な天井が目の前に映る。
教室の天井ってこんなに白かったっけ。
少しの時間、ぼーっと天井を見つめる。
そういえば……。
机に向かっていたはずの自分の身体が、仰向けになっていることに気づく。
目だけを左右に動かすと、クリーム色のカーテンが視界の端でユラユラ揺れている。
ここは、保健室……か。
でも……いつどうやって保健室に来たのか、全然覚えてないや。
ゆっくりと身体を起こす。
「うっ……」
上半身を起こすと同時に、頭に激痛が走った。
そうだ……私……風邪引いてるんだ……。
ん？
頭を押さえながら周囲を見渡すと、視界に違和感がある。
一瞬、人影が見えたような……。
私は、ゆっくりと頭を上げなおし、左横に視線を移す。
嘘……でしょ……。
目の前に見えている光景に目を疑う。
だって……。すぐ横でパイプ椅子に腰かけて、スヤスヤ寝ている人がいるんだもん。
それに……。

開いている窓から入る風で揺れているサラサラの髪は、この間しっかりと目に焼きつけたばかりの銀色で。
　シャープな顎に通った鼻筋も、至近距離で見たばかりのもの。
　な、な、なんで！
　なんで黒川南夏くんがここにいるの!?
　私の頭は完全にパニック状態なのだけれど、重りをつけたようにだるい身体は思うように動いてくれない。
　ただでさえ、頭が痛いっていうのに。
　どうしてこんなことに……。
「ゴホッ、ゴホッ、ゴホッ」
　我慢(がまん)できずに咳が出てしまったその瞬間。
　整った寝顔でスヤスヤ眠っていた彼は静かに目を開けた。
「あ、あの……」
　思わず目をそらす。
　人の目を見て話すのはやっぱり苦手(にがて)だ。
　とくに、校内一のヤンキーともなると。
「少しは寝られた？　姫野さん、すごい熱あるんじゃない？」
　銀髪の彼はそう言うと、私のおでこに自分の右手を置いた。
　な、な、何してるの!?
　黒川くんの行動が理解不能すぎて、今にも沸騰(ふっとう)して蒸発(じょうはつ)しそうになるくらい頭がクラクラする。

なんで、不良の黒川くんが私のおでこに手を置いている
の!?
　優しく声をかけてくれるのは、まぼろし？
「ほら、顔もすごい赤いじゃん。自分の身体のことは、自
分が一番わかってるでしょ？」
　いや……いやいやいや、熱が出て顔が火照っているのも
事実なんだけど。この赤面は間違いなく、目の前にいるあ
なたのせいで……。
「……あの……なんで……」
　私は、黒川くんから少し身体を離した。
　すると、やっと声を出すことができた。
「あれ？　覚えてないの？」
　ピクンと身体全体で驚く仕草。
　黒川くんは右耳のシルバーピアスを光らせながら、私の
問いに質問で答えた。
　なんのことだかさっぱりだ。
「姫野さん、化学室に向かう途中で倒れたんだよ」
　え……。
　そうだったの？
　記憶をどんなにたどっても、化学室に向かったのを思い
出せない。
　相当、意識がもうろうとしていたんだろうか。
　記憶がないなんて、我ながらちょっと怖い。
　ん？
　ちょっと待って。

私がその時に倒れていたとして、どうして黒川くんがここにいるの？
　まだ全然わからない。
　私、黒川くんに何かしたのかな？
　1週間前、突然話しかけられたのも、今ここにいるのも、なんでだろう。
　私が知らない間に黒川くんの気分を害してしまったとか、気にさわることを言っちゃったのが原因で怒っていて、そのことを謝ってほしいとか!?
　でも……心当たりがまるでない。
　うぅー。
　頭がまたゴーンと痛くなる。
　――シャッ。
　いきなりカーテンが開いたと思ったら、白衣を着た女の人がちょこんと姿をあらわした。
　養護教諭の土屋先生。
　去年、1度だけ月1の女の子の日にお世話になった。
「黒川くんがここまで運んでくれたのよ〜」
「え!?」
　先生、今なんて？
　運んでくれた？　銀髪不良の黒川くんが、倒れた私のことを!?
「お姫様抱っこで」
　土屋先生はなぜかうれしそうにそうつけくわえる。
　どんな顔をしていいのかわからないまま、私は黒川くん

の方をそっと見る。
　……え？
　黒川くんは、突然、私の寝ているベッドに上半身だけ突っ伏して、顔を隠すようにした。
　銀髪の間に見えている耳がまっ赤だ。
　黒川くんも……熱？
「く、黒川くん……」
「病気とかすげぇ困るから。家に帰って早く治してよ」
　黒川くんはベッドに頬づえをつき頬を赤くして、少しふてくされた顔をしてそう言った。
「こ、困るって……？」
「とにかく、早退して」
「……え？」
　私は黒川くんのすべての言動に疑問を抱き、助けを求めるべく、土屋先生の顔を見る。
「はい、黒川くんの言うとおり、すぐにちゃんと病院に行った方がいいと思うから、姫野さん、支度してね。ゆっくりでいいから」
　土屋先生は口もとをゆるめたままそう言って、カーテンの外に出ていった。
　黒川くんとまたふたりきりになってしまい、どうしたらいいのかわからなくてうつむく。
「姫野さん、なんでいつも下ばっかり見てんの？」
　黒川くんは私の肩に手を置いてから、顔を近づけてジッとこちらを見つめてきた。

「あ、あの……」
　私は視線をそらし、この状況をどうしたらいいのかわからなくなる。
　かかわったこともないのに、黒川くんはどうしてこんなにも親しげな話し方をするんだろう。
　見た目や噂だけで、もっと無口で、冷酷で、無愛想な人だと思っていたのに。
「……風邪……うつっちゃいますよ」
　バクバクしてる心臓を抑えながら、やっとの思いでそう声に出す。
「姫野さんからもらう風邪なら光栄だよ」
　黒川くんは、やわらかい笑顔でそう言うと、私の頭を優しく撫でてから、保健室をあとにした。
　もうこのまま死んでしまいそうになる。
　心臓の音がバクバクと大きく聞こえる。
　風邪をもらうのが『光栄』って……一体どういうことなんだ。
　こんな長い時間、人と話したのはいつ以来だろう。ましてや男の子と……、それも校内一の不良と話すなんて。
　それも、黒川くんはグイグイと近づいてきて、他人との距離感を掴めていなさすぎだし……。
　これが現代男子高校生の"普通"なの？
　それとも、自分に自信があるイケメンだから？
　あぁ、心臓がいくつあっても足りないって……。

告白

　熱が出て早退をした日から3日間学校を休んで、ようやく、今日からまた学校に行けるくらいまで回復した。
　あの日、家に帰ってすぐ、お母さんと病院に行って薬をもらったおかげだ。
　でも……。
　あの日から頭の中が黒川くんでいっぱい。
　何度も言うけど、校内一の冷血ヤンキーと恐れられているあの黒川くんが、影が薄くて地味で暗い私の体調を心配してくれるのが謎すぎる。
　私、何かしたのかな……。
　3日ぶりに制服に袖を通しながら思い当たる節を考える。
「沙良〜〜!　黒川くんって子がお迎えにきてくれたみたいなんだけど……」
　え!?　1階からお母さんの声がして、慌てて部屋を出る。
　黒川くん!?
「く、黒川くん……」
　嘘でしょ。
　玄関には、相変わらず銀髪ヘアに整った顔の彼がいた。
　なんで……ここにいるの……!?
「姫野さんひとりだと心配だから来ちゃった」
「へ!?」

私……今日学校に行くなんて誰にもひと言も……。
「さっきの電話、あなただったのね！」
　え？　電話？
　うしろで微笑むお母さんをバッと見る。
「黙っててごめんね」
　お母さんはそう言って、ぺろっと舌を出した。
「電話って……」
「姫野さんの体調のことをお母さんに聞いたんだ。電話番号は姫野さんの担任の先生から特別に教えてもらった」
　担任から聞いたって……。
　どうして黒川くんは……ここまで私のことを気遣ってくれるの？
　校内一のヤンキーと騒がれている彼が、私の家の玄関に立ってることがとても現実とは思えない。
　私は、黒川くんを見たまま固まってしまう。
「あ！　お兄ちゃんが起きたらいろいろうるさくなると思うから、ふたりとも、早く学校へ行きなさい！」
「えっ……ちょっ」
　お母さんは思い出したように慌ててそう言うと、玄関から追い出すように、私と黒川くんふたりの背中を少し強引に押した。
　もう……何がなんだかさっぱりわかんないよ。
　いきなり、不良少年の隣を歩いて登校することになってしまった。
　私は下がった熱がまた出そうなくらい頭をグルグルと回

転させて、黒川くんの言動の意味を考える。
　全然わかんない。わかんないよ……。
「く、黒川くん……」
「んー？」
「な、なんでこんなによくしてくれるの？」
　こんな地味な私に優しくしたって、いいことなんて何もないし。
　からかってるつもりなら、私は面白い反応ができるような子でもない。
　それなのに……一体何が目的なんだろう。
　黒川くんは少し考えるように黙ってから、口を開いた。
「……姫野さんのこと、好きだから」
　私は歩いていた足を思わず止めて、隣の黒川くんを見上げる。
　今、なんて言いました？
　黒川くん……今なんて!!
　嘘でしょ……。
　私は驚いて黒川くんの方をバッと二度見する。
　予想外にも、黒川くんはまっ赤な顔を右手で覆っていた。
　何？　そのリアクション……。
　からかった……わけじゃない？
「く……黒川……くん？」
「あんまりこっち見ないで」
　黒川くんは、そう言うと少し雑に自分の左手で私の顔を覆った。

「えっ……!」
　な、何これ!?
　黒川くんはいちいち、私の胸(むね)がドキドキすることをする。
　黒川くんの赤面……。
　今の黒川くんは、とても校内一恐れられている男の子とは思えない。
　まさか……信じられない。
　信じられるわけがないよ。
　校内一番の不良が私のことを好きだなんて。
「えっと……私、先に行きます！」
「え？」
　黒川くんの発言に戸惑ってしまった私は、彼を置いて、自分だけ猛(もう)ダッシュで学校に向かった。
　無理、無理。絶対おかしいよ。
　なんで黒川くんが私のこと好きだって言うの？
　なんでこんなことになってしまったんだろう。
　——ガラッ。
　はぁ……。疲れた……。
　少し息を整えてから教室の扉を開ける。
　あんなこと言われて……何もなかったように普通に隣を歩くなんて無理に決まってるよ。
　ん？
　ざわざわしていたはずの教室が、いきなりシーンと静まり返ったので、何かあったのかと顔を上げる。
「何っ!?」

クラス全員の視線がすべて私に向けられていた。
　　　な、なんで!?
「姫野さん！　大丈夫!?」
　　　沈黙を破ったのは、学級委員の水田さん。
「え……」
　　　水田さんは私に駆け寄ってくると、泣きそうな顔をして肩を掴んだ。
「え……あ、風邪ならもう治りました……」
「それもだけど！　そうじゃなくて！」
「そうじゃない？」
　　　水田さんは一体何の話をしているんだろう……。
　　　ほかのクラスメイトもなんだか険しい顔をしている。
「だって、姫野さん……あの日、黒川くんに……連れていかれて……」
　　　水田さんが泣きそうな声でそう言う。
「あ……黒川くんは私を助けてくれただけで……」
　　　そっか。
　　　クラスの地味女子が校内一の不良に"お姫様抱っこ"で運ばれちゃったら、何事かと思うよね。
「それ本当？　だってあの時、姫野さん意識がはっきりしてなかったんだろ？　あの冷酷ヤンキーなら……何するかわかんねーよ」
　　　クラスの男子もそう言う。
　　　普段は話しかけてくれないクラスのみんなが、今日はすごく私のことを心配してくれている。

「あの……私はもう大丈……」
「俺が姫野さんにイタズラしたって証拠でもあるの?」
　すぐうしろから聞き覚えのある声がして振り向く。
　黒川くん!!
　そこには少し息が上がった黒川くんが立っていた。
「姫野さんちょっと」
「……えっ!」
　黒川くんは私の腕を掴むと、ズンズンと廊下を歩き出した。
　黒川くん……?　なんて大胆な……。
　"ヤンキーとつるむ女子"なんてレッテルを貼られたら、本当に教室に帰れなくなっちゃうよ……。
　もしくは、もう誰も私の友達になってくれない。
　って言うか……やっぱり、さっき先に学校に来ちゃったこと……もしかして怒ってる……かな?
　これはもう……最悪の状況を覚悟しなければ。
　まず、あの教室に二度と帰れないかもしれない。
　決して、大袈裟に言っているのではなく……。
　校内一の不良少年の告白を無視して、走って置いてきちゃったんだから。
　これは、重罪である。
　——ガラッ。
　黒川くんは、空き教室に私を連れ込み、ピシッと扉を閉めて、私の前に仁王立ちする。
「さっきは……ごめんなさい」

すぐに、先に学校に向かったことを謝る。
　心配してわざわざ家まで迎えにきてくれたのに、いくらなんでもひどかったと反省。
「うん」
「どうしていいのか、わかんなくて……」
　クラスの女の子とまともに話したこともないのに、黒川くんみたいな目立つ男の子に急に『好き』だなんて言われても反応に困る。
「姫野さんはさぁ……俺のこと嫌い？」
　嫌いだなんて……そんな。
　あんなによくしてもらってから、そんなこと思うわけない。
　しかも、すごく整った顔。嫌いなんて思えば、それこそバチが当たっちゃいそう。
　でも、黒川くんのこと、まだほとんど知らない。好きとか嫌いとかまだ考えられないよ。
　ただ……黒川くんは先輩を殴るような冷血ヤンキーって噂があるわけで……。
「姫野さん、好きな奴とかいんの？」
「え……いない……です……けど」
「じゃあ、俺と付き合ってほしい」
　……っ!!　く、黒川くん、今なんて……。
「あの……私まだ、黒川くんのことよく知らないし……それに……私なんかが一緒だと黒川くんの迷惑になると思うの……」

保健室まで運んでくれたり、病み上がりの私を迎えに来てくれたり。
　この数日で、見かけや噂によらず、意外とすごくいい人だって印象が強くなったけれど……でも……。
「あのさ、俺さっきちゃんと言ったよね？　姫野さんのことが好きだって……迷惑って何？　そんなこと思うわけないじゃん」
「えっ……？」
　黒川くんは1歩私に近寄った。
「く、黒川くんの好きって……？」
　ありったけの勇気をふりしぼって聞く。
「女の子としてって……ことだよ？」
　──コツン。
　黒川くんが、私のおでこに自分の頭を合わせてきて、顔が今まで以上に急接近してしまう。
　自分の顔がみるみる赤くなるのがわかる。
「あの……く、黒川くん。……ち、近い……」
「……こんなに好きなのにダメ？」
　黒川くんは、私の右手首を捕まえて、私の手の平を自分の胸に置いた。
　黒川くんの心臓の鼓動がとても速く、彼もドキドキしてるのがわかる。
　その音を聞いて、私の心拍数も上がって身体が火照る。
　せっかく風邪が治ったっていうのに、これだと風邪を引いてる時と変わらないよ。

どうして……私なんか……。
「よく……わかんない……今はその……」
　男の人から告白されるなんて人生で初めてだから、どうしていいのかわからなくなる。
　ことがいきなりすぎるんだもん。
　それに、断ったら、私、どうなっちゃうんだろう。逆恨みとかされて、ボコボコにされちゃうんだろうか……。
「わかった。じゃあ、友達から始めよう」
　黒川くんは私の手を離すと、今度は１歩下がってからそう言った。
　私は返事ができず、ただ黙ってうなずくのが精いっぱいだった。

「それで……黒川くん……なんでここにいるんですか？」
　お昼休み、特等席のベンチでお弁当を開く私の隣には、ニコニコしてこちらを見つめる黒川くんの姿があった。
「姫野さんと友達になったから」
「……友達」
　とてつもなく変な感じだ。
　女友達を作るのをすっ飛ばして、校内トップのヤンキーを友達にするなんて。
「黒川くん、いつも一緒にいる人達は……」
「あぁ……いいよ。あいつらは。俺は、姫野さんと一緒にいたいし」
　——ドキッ。

さりげない言葉で、いちいちキュンとさせる人だ。
とくに、無愛想だと有名な黒川くんに『姫野さん』とさんづけで優しく呼ばれるたびにドキドキしてしまう。
「それ、自分で作ってるの?」
「え……あぁ、うん。お母さんに作ってもらう時もあるけど。今日は自分で」
開いた私のお弁当をじっと見つめる黒川くんにそう答える。
「上手だね」
「……そうかな」
「おいしそうだね」
「ありがとう……」
「俺、一応購買(こうばい)でパン買ったんだけどさ」
「うん……?」
「その卵焼(たまごや)きとかすごいおいしそう。ウインナーも……唐(から)揚げも」
クールなヤンキーだと思っていたけど、子どもみたいなこと言うんだな……。
「た、食べる? 黒川くんの焼きそばパンと交換ならいいよ」
半分冗談で呟く。
「……マジで? ……交換するっ!!」
黒川くんは目をキラキラさせてそう言った。
意外な反応にびっくりしながら、お弁当を黒川くんの膝の上に置き、お箸(はし)を手渡す。

すぐに、お箸の先がおかずに伸びて、あっという間に彼の口の中に卵焼きが運ばれた。
「やべぇ……すげぇうまい……」
　黒川くんはパクッとほおばると、目を大きく見開いてからそう言った。
　可愛い……。
　不覚にも、冷血ヤンキーと恐れられている彼をそんな風に思ってしまった。
「家族以外に初めて褒めてもらった。……ありがとう。黒川くん……」
　少し照れながらお礼を言う。
「姫野さん」
「ん？」
「普通に笑えるじゃん」
　……あ。今、私……笑ってたかな……。
　無意識だった。
　褒められてうれしくて。
「今だってこうやって普通に話せてるのに。なんで今までひとりぼっちでいたの？」
「……教室のあの雰囲気がどうも苦手で。外ならわりと平気なんだけど」
「教室？」
「うん。中学の時クラスですごいイジメがあって……私もイジメられないように、その頃から人と話すときに慎重になりすぎてしまうと言うか……」

「中学の頃……」
「うん。イジメられてたのは、時々話すくらいの子だったんだけど、すごくいい子で。それなのに……私はその子を助けることができなくて……見て見ぬフリ」
　何かスイッチが入ったように、しゃべり出す自分自身に驚いているけど、話し続けている私がいる。
　きっと、黒川くんの醸し出す優しい空気がそうさせる。
　普段、校内を派手な銀髪で仲間と歩き、恐れられている不良にそんなことを思うなんて不思議だけれど。
「その子は結局、不登校になっちゃって。今もどうしてるか、わからないの。こんな度胸のない自分のことが嫌で、変えたいって思っているけど……全然変えられなくて……私なんか……」
　なんで私……黒川くんにこんな話……。
「あ、ごめんなさい。たくさんしゃべっちゃっ……っ!!」
　──ギュッ。
「えっ……」
　温かくてやわらかいものが、ゆっくり私を抱きしめた。
「俺は知ってるよ……姫野さんが誰よりも度胸のある優しい子だってこと。変わらなくていい。そのままでいい。俺は今の姫野さんが好きだから」
　──ドキドキドキドキドキドキ。
　黒川くんに聞こえちゃいそうなほど、心臓の音がうるさい。
「……く、黒川くん？」

驚きのあまりいつもと違う変な声でそう呼びかけると、黒川くんは抱擁からそっと私を解放した。
　そして、優しく私に笑いかけると、袋を開けた焼きそばパンを私に差し出した。
　黒川くんは、なんだか……昔から私を知ってるみたいな言い方をする。
　まだ、話すようになって２週間もたっていないのに。
　でも『変わらなくていい』と言いながら抱きしめられて、今まで心の中にあったモヤモヤがスーッと溶けていく感じがして、すごくうれしい。
「あぁ！　南夏ここにいた!!」
　突然大きな声が聞こえて、私と黒川くんは声のする方を見る。
「あっ……！」
　嘘でしょ……。
　目線の先には４、５人の男子がこちらに歩いてくる姿が見えた。それもすごくガラの悪い人達。黒川くんと同じ不良グループにいる人達だ。
「……チッ」
　黒川くんが表情をガラッと変えて舌打ちしたのが聞こえた。
「南夏！　お前……俺達のことほっといて……女とイチャイチャしてんのかよ！」
　集団の真ん中にいる、制服の下に赤いパーカを着た茶髪の男子は、私を見るとそう黒川くんに言った。

この人の名前は……たしか……。
愛葉(あいば)……くん。
彼も黒川くんの次に有名なヤンキーだ。
「って言うか、よく見たら姫野沙良ちゃんじゃん」
「え……?」
私の名前……。
覚えられている‼
やっぱり……私……ヤンキーの方々のブラックリストに名前が載っちゃったりしてるのかな⁉
そんなわけ……ないか……。
「音楽(おとら)。気安(きやす)く姫野さんの名前を呼ぶんじゃねーよ」
「何怒ってんのー?　みんな呼んでるじゃん。ぼっち姫の沙良ちゃんって」
ぼっち姫⁉
「姫野さん行こう。こいつらと一緒にいたら、バカがうつる」
「えっ……」
黒川くんは、いつの間にか空(から)っぽになった弁当箱(べんとうばこ)を素早(すばや)く片づけながらそう言う。
お友達なのに……いいのかな……。
私がいるせいで……せっかくみんな黒川くんのこと探しにきたっていうのに……。
「沙良ちゃん気をつけて〜!　"黒川くん"はむっつりスケベだからね!」
黒川くんが私の腕を少し強引に引っ張って、ベンチから立ち上がり歩き出すと、愛葉くんが口の横に手を添えて大

声でそう叫んだ。
　む……むっつり……スケベ……。
　黒川くんは愛葉くんの声に反応することなく、私の腕を捕まえたままズンズン歩いた。
「……黒川くん、大丈夫なの？　愛葉くんのこと……」
「あいつの名前呼ばないで」
「あ……うん。ごめんなさい」
　いつもよりぶっきらぼうにそう言う黒川くんの背中が、少し怖くてとっさに謝る。
「……違う」
「え？」
　黒川くんがいきなり立ち止まり、クルッと振り返ってこちらを見た。
「今のは……八つ当たりだ」
　八つ当たり？
「あいつらに、姫野さんのこと見られたのが嫌で。あんなこと言い出すし……」
　嫌って……。
　私といるのを見られるのが恥ずかしいってこと？
「嫌っていうのは……姫野さんのこと恥ずかしく思ってるからって理由じゃないよ？」
「うっ……」
　なんで？　心を読まれてる……。
「自覚がないみたいだから言うけど……。姫野さんのことを狙ってる男はたくさんいる」

「へ？　……ね、狙ってる？」
「姫野さんのこと、彼女にしたいと思ってる男がたくさんいるってこと」
「えっ!?」
　また、黒川くんはなんて冗談を言い出すんだ。
　私みたいに友達がひとりもいないネクラ女子が……そんなわけ……。
「今、嘘だって思ったね」
「ひっ……」
　またバレた。
　黒川くんはエスパーなの!?
「ぼっち姫っていうあだ名は……姫野さんの苗字と普段から単独行動ってのも理由らしいけど……可愛いくせに極度のコミュ障っていうのが一番でかいから」
「どう考えてもバカにされてるあだ名だよ……」
「普通は皮肉で言うだろうね。姫なんてあだ名。でも姫野さんの場合は違う。わがままそうに見えるとかそんなんじゃない。単純にひとりぼっちの美少女だから」
　まさか。
　そんなあだ名がつけられているのなんて、まだ信じられないのに……。
　私の存在に気づいてくれてたってことだ。
　それにしても、美少女なんてからかうにも程がある。
「だから……もう少し自覚をもった方がいいよ」
　黒川くんはそう言って前を歩いた。

友達関係

 黒川くんから告白され、お友達を始めた日から数日。
 私の人生では考えられなかったことが毎日のように起こっている。
 お昼はもちろん一緒に食べるし、帰りも毎日家まで送ってくれる黒川くん。
 クラスのみんなも、最初の頃は教室に黒川くんがやってくるたびに驚いて怖がっていたけど、今はだいぶ落ち着いた。
 あ……黒川くんだ。
 午後の休み時間、教室の窓から外を眺めていると、中庭で友達と話している黒川くんを見つける。
 人間の血が通ってないとか、人を人とも思ってないとか、いろいろな噂が飛び交う黒川くんだけど、でも、初めて話しかけてくれた日から、私は黒川くんをそんな風に思ったことは一度もない。
 むしろ……。
「姫野さん」
「えっ……」
 突然、誰かに名前を呼ばれて少しだけ顔を上げる。
 目の前に立っていたのは、クラスメイトの塚本くん。
 もちろん彼とも一度も話したことがないけれど……。いきなりどうしたんだろう。

黒川くんとすごすようになってから、前よりも人と接するのがそれほど苦ではなくなっている自分に気づく。
　塚本くんは視線を泳がせ、少しソワソワしている。
「な、何っ……？」
「姫野さん、黒川と付き合ってんの？」
　いきなり黒川くんの名前が飛び出して、思わず目を見開いてしまう。
「う、ううん。まさか、つ、付き合ってないよ」
　私は赤くなる顔を隠すように下を向いてそう言う。
　どうして……塚本くんがそんなこと聞くんだろう。
「本当？」
「う、うん……」
　うつむきながらそう答える。
「でも、最近ふたりでよく一緒にいるよね？　姫野さん、もしかしてあいつのこと好きなの？」
「えっ……」
　塚本くんは私の動揺はお構いなしにどんどん質問してくる。
『好き』
　その単語が出てきたとたん、黒川くんからの告白を思い出して、また顔が赤くなる。
「ただの……と、友達……です」
　やっと出たセリフ。
「ふーん。友達……。そっか。話してくれてありがとう」
　塚本くんはそう言うと、スタスタと友達の輪の中に戻っ

ていった。
「姫野さん！」
　私の名前を呼ぶ聞き慣れた声がすると、クラス中が一斉に教室の入り口に目を向けた。
「黒川くんっ」
　黒川くんが教室にやってくるこの感じもかなり慣れてきた。
　さっき中庭にいるのを見たばかりなのに。
　よく見ると少し汗をかいていて、呼吸もちょっと乱れている。
　もしかして……走ってきたの？
　私は席を立ち、スタスタと黒川くんの方へ向かう。
「……どうしたの？」
「ちょっといい？」
「でも……授業もう始まっちゃう」
「大丈夫だから」
　黒川くんはそう笑いながら私の腕を掴むと、教室から連れ出した。

「黒川くん……ここって」
　上っていく階段の途中で、足を止めて聞く。
　黒川くんの前には『立ち入り禁止』と書かれたドアが見える。
　これは……屋上のドア……だよね？
「屋上」

「やっぱり。立ち入り禁止って書いてあるよ？」
「普通の人ならね」
「え？」
　黒川くんは得意げな顔でそう言うと、ズボンのポケットに手を入れて、チャランと鳴る何かを取り出した。
　キランと光るそれは……。
「か、鍵？」
「正解。屋上の鍵」
「えっ!?」
　なんで屋上の鍵なんかを黒川くんが持ってるの!?
　——ガチャ。
　黒川くんは慣れた手つきで鍵を開けると、ドアノブを回してドアを体で押した。
　——キィー。
「……っ！」
　太陽の光が一気にさして、思わず目をつむる。
「俺の特等席」
　黒川くんはそう言うと、フェンスの前まで歩いて腰を下ろした。
　眩しい日差しに目が慣れてきて、だんだん視界がはっきりする。
「黒川くん、大丈夫なの？　屋上って立ち入り禁止だよね？」
「この鍵はしっかり校長から借りてきたものだからいいの。借りたっていうか、半分俺のものみたいなもんだけど」

「え……校長先生……?」
「父親なんだ」
「え!?」
　あまりにびっくりして裏返った変な声が出る。
「親父の学校なんてゼッテー通わねぇって思っていたんだけど……中学生の時にある人に出会って、親父の学校に通ってみるのも悪くないかなと思ってさ。そしたらほら、本当に悪くない」
　黒川くんはそう言って屋上の鍵をキランと再びポケットから取り出した。
　朝礼の時に壇上で話す校長先生の顔を思い出す。
　黒川くんと似て……る……かな……?　わかんないや。
　あれ……でも……。
「校長先生の苗字って……」
「入江。俺が中学に上がる前に離婚して、俺は母親に育てられたんだ。それで黒川になったってわけ」
「あぁ、そうなんだ……」
　黒川くんち、いろいろあるんだな。
　私達の校長先生がお父さんだっていうのがすごく衝撃的だけど。
「それで……黒川くん、どうしてわざわざ屋上なんかに来たの?」
「んー」
　──トン。
　黒川くんは、隣に座った私の肩にちょこんと頭を乗っけ

た。
　……か、可愛い。
　緊張して身体が固まる。
「……今日、俺早退するから、一緒に帰れなくて。だから少しくらい姫野さんといたいなと思って……」
　――ドキッ。
　甘えるような声のささやき。
　相変わらず、私の心臓のペースを簡単に狂わせる。
「黒川くん具合悪いの？」
「ううん。俺は元気。ただ、いろいろあって。バイトもあるし」
「そうなんだ……」
　黒川くんと一緒にいるようになって２週間近く。
　黒川くんとほんの少し友達になれてるつもりの自分がいた。
　でも、黒川くんは時々、私といる時もどこか遠くを見て、違うことを考えてるような顔をすることがある。
　一緒にいるのに寂しいと思うことがほんのたまにある。
　バカみたい。ヤンキーとつるむ女子なんてレッテルを貼られたら困ると思っていたくせに。
　今は隣にいて私の方を見ていないと、少し寂しいと思うなんて。
　どうしちゃったんだろう、私。
「姫野さん、まだ俺のこと好きにならない？」
「えっ？」

チラッと黒川くんを見ると、私の肩に頭を置いたままこちらを見上げるので思わず目をそらしてしまう。

こんな至近距離で……！

バクバクと胸が鳴る。

「く、黒川くん……なんで……私なんかのこと好きなんですか……」

私は黒川くんから目をそらしつづけたまま、そう質問する。

自分でこんなこと聞くなんて、すごく恥ずかしい。

「ん〜。一目惚(ひとめぼ)れってことにしておく」

「し、しておく？」

「太陽が気持ちいいね……姫野さん」

黒川くんは、私の制服のカーディガンの袖に猫みたいに頬をスリスリしながらそう言った。

……完全にはぐらかされた。

『一目惚れってことにしておく』ってどういうことだろう？

なんか引っかかる言い方だ。

可愛いから……まぁ、いいか。

んー……。

眩しい光で目が覚(さ)めて、私はゆっくり目を開ける。

そこには、雲ひとつないまっ青(さお)な空が広がっていた。

……綺麗だな。

ん？　なんで、空が見える？

ここって……。

「はっ！　黒川くん授業!!」
　眠ってしまったんだ!!
　私は、黒川くんと屋上に来たことを思い出し、急いで隣にいる彼を起こそうと体を起こす。
　なんてことだ!!
　ん？　……あれ？
　あれ……あれ……。
　キョロキョロあたりを見渡しても黒川くんの姿がない。
　私は慌てて、左手首の腕時計に目を向ける。
「3時50分……」
　嘘でしょ……。
　もう6時限目終わるじゃん……。
　あぁ。授業を1時間サボってしまうなんて。
　と言うか、硬いコンクリートの上で1時間寝ていた自分に少しびっくりする。
　やってしまった。
　風邪で3日休んで、ただでさえ授業でわからないところが多いっていうのに……。
　すっかりサボってしまったー!!
　学校にいるのに、授業に出ないなんて初めてだ!!
　どうしようっ!!

　──ガラッ。
　猛ダッシュで教室に入ると、クラスのみんなはとっくに帰りの支度をして帰りのHRの時間の前だった。

みんなの視線が一気に私に集まる。
「す……すみません」
　　ボソッと小さく声を出す。
「姫野さん、保健室に行ってたの？」
「ちげーよ、黒川のとこだろ」
「最近一緒にいるもんね〜」
　　みんなのコソコソ話は丸聞こえだ。
　　私は担任の先生が来る前に、急いで自分の席に座った。
　　黒川くんの用事、なんだったんだろう。
　　一体どこに行っちゃったんだろう？
　　私に言えないことなのかな？
　　……すごく気になる。
　　初めて会った日から、私の生活は完全に黒川くんなしでは語れなくなっている。
　　頭の中では、ずっと黒川くんのことを考えている……。

「ぼっち……じゃなくて……姫野沙良ちゃーん！」
「へっ!?」
　　生徒玄関を出て、下校しようと門に向かって歩いていると、うしろからフルネームで呼ばれ、おそるおそる振り返る。
　　そこには、茶髪の髪の毛をかきあげて、おでこ全開の男の子がこちらに元気いっぱいにブンブンと両手を振っていた。
　　黒川くんと同じ不良グループの愛葉音楽くんだ。

「南夏は？　一緒じゃないの？」
　愛葉くんが駆け寄ってきて私の隣を歩く。
「あ……えっと……用事があるみたいで、そ、そのあとバイトもあるって言ってました」
　まだ愛葉くんと話すのに慣れていなくて、少しどもってしまう。
「バイト……？　今日は水曜だよね？」
「え……木曜日だけど」
「っ‼　ええ⁉　嘘でしょ‼」
「いや……本当です」
　突然あたふたしはじめた愛葉くんは、慌ててポケットからスマホを取り出すとロック画面を見つめてフリーズした。
「ぼっち姫……違う！　姫野ちゃん！　どうしよう‼　遅刻だ‼」
「……へ？」
　なんで愛葉くんがひとりで焦（あせ）っているのか理由がわからない私はポカーンと彼を見つめる。
「よし、ここは愛しの姫野ちゃんに免（めん）じて、許（ゆる）してもらおう！」
「え？」
「行くよ！」
「ちょっ！　愛葉くん！」
　私のか細い声は届かず、愛葉くんは私の腕を掴むとダッシュで走りはじめた。

「はぁ……はぁ……はぁ」
　息が切れる。
　疲れた。どれくらい走っただろう。
　もう1年ぶんは走ったんじゃないかってくらいだよ。
　1軒のお店の前に着くと、愛葉くんは息を整えながら口を開いた。
「ごめんね、姫野ちゃん。ここ……」
「ここが……どうしたんですか？」
「俺と……南夏のバイト先」
「黒川くんのバイト先!?」
「と、俺もね。一応」
　そう言って愛葉くんが指差すお店は『cafe ciel』と書かれた看板が掲げられていた。
　カフェ……。
　──カランコロン。
　愛葉くんが『close』と書かれた札がかけられているドアを開けた。
「遅くなりまして誠に……」
「うぉとらっっっ!!　てめぇー!!　これで遅刻何回目だ!」
　大きな怒鳴り声が聞こえて身体がビクッとしてしまう。
　私も自分が遅刻したような気持ちになって、うつむいた。
「あ？　しかも女連れてきてやがるじゃねーか!!　てめぇはどういう神経してんだ!」
　お店に入ってすぐ頭を下げた愛葉くんの前に、仁王立ちして怒鳴る、ガタイのいい男の人。

すごく……怒ってるじゃん……。
私は怖くなって愛葉くんのうしろで小さくなる。
なんでこんな目に遭わなきゃいけないのよ……。
「……姫野さん？」
いつもの優しい声でそう呼ばれるのが聞こえて、私はおそるおそる顔を上げる。
「……黒川くん」
私は目の前でポカンとしている彼を見て、名前を呼ぶ。
「え、何……この子なっちゃんの知り合いなの？」
さっきまで愛葉くんを怒鳴りつけていた男の人は、私を再び見ると、黒川くんにそう聞いた。
「友達です。……っていうかなんで音楽が姫野さんと一緒にいるんだよっ。姫野さんこっち」
「えっ……」
黒川くんは少し不機嫌な顔をして私の腕を掴み、愛葉くんをさけて、自分の隣に私を引き寄せた。
黒川くんはいつもの学生服とは違い、上下ともシンプルな黒の服に黒のエプロンという格好をしていた。
何を着てても似合うなぁ。
はっ。
じゃなくて……。
私ったら、こんな時に何を考えてるの。
「おい、音楽、どういうことか説明しろよ～」
ガタイのいい男の人が顔色をガラッと変えて、馴れ馴れしく愛葉くんにそう言った。

「え、愛葉くんのお兄さん!?」
　お店のカウンターで私のための飲み物を用意してくれている、先ほど愛葉くんを怒鳴っていた人にそう聞き返す。
　目の前にいるこの体格(たいかく)のいい男の人は、ここのカフェの店長で、今、床に正座(せいざ)させられている愛葉くんのお兄さんだって言うもんだからびっくりしちゃう。
　全然似てないよ。
「うん♪　みんなからはけんちゃんとかけんさんって呼ばれてま〜す！」
　さっき、愛葉くんを怒鳴っていた人とは思えないほどの可愛らしい笑顔でそう言う。
「……よろしくお願いしますっ」
　私はそう言ってペコリと頭を下げる。
「で？　音楽、なんでこんなキュートな子猫ちゃんを連れて帰ってきたわけ？」
「えっと……姫野ちゃん連れてくれば、俺の遅刻より姫野ちゃんの方に興味(きょうみ)がいくと思ったから」
「ったくクズな男！　ごめんね〜沙良ちゃん」
「……いえ……」
「でも現に今こうやって、注目(ちゅうもく)は姫野ちゃんに集まったじゃん」
「音楽、お前は姫野さんのことを、なんだと思ってんの？あんまり調子乗るとマジで殺すぞ」
「ひっ!?」
　黒川くんがいつもよりすごく低い声を出して愛葉くんを

にらむので、びっくりしてしまう。
　黒川くん……すごく怒ってる……。
　今までに見たことがない表情で、殺気がただよっている。
「なっちゃんと音楽は幼なじみでね。それで今もよく私の店を手伝ってもらったりしててね」
「へぇ……そうなんですか」
　あれ？
　がっちりした体格をしたけんさんが『私』という一人称を使っていることに違和感がある。
「けんさん、オネエだから」
「えっ!?」
　私が違和感を覚えていることに気づいたのか、隣にいる黒川くんが耳もとでささやいた。
　えぇ!!　こんなガッチリしてて"ザ・男の塊"みたいなのに。
　人は見た目だけではわからないものだ。
「にいちゃん……もう足が痺れて無理……これじゃ仕事できねーよ」
　愛葉くんがツラそうにそう呟く。
「はぁ!?　甘っちょろいこと言ってんじゃねー!!　てめぇそれでも男か！」
「ひぇっ!!」
　オネエと聞いたばかりのけんさんが、また目の色を変えて愛葉くんを叱る。
　この切り替え……すごいな……。

「なっちゃん、沙良ちゃんのこと家まで送ってあげて」
「え、でも……黒川くん……仕事が……」
「いいの！　全部、音楽にさせるから！」
　愛葉くんの顔を見ると、すごくしょんぼりしてる。
　なんだかちょっとかわいそう。
「けんさん、ありがとう。姫野さん、行こう」
「えっ」
　黒川くんはけんさんにお礼を言うと、私の手を引っ張ってお店を出た。
「本当に大丈夫なのかな？　愛葉くんひとりで……」
「姫野さんこそひとりじゃ危ないよ」
「私は……今までだってずっとひとりで帰ってたから平気だよ？」
「……バカ」
「……え？」
「俺が平気じゃないの」
　黒川くんは少しムッとしてから、私の手に自分の手を絡めた。ぎゅっと力を入れて私の手を握る。
　その瞬間に、トクンと私の心臓が鳴る。
　男の子と手をつなぐなんて……。
　人生初めてのことで緊張してしまう。
「……く、黒川くん。私達……友達だから……こういうことは……」
　付き合ってもいないのに手をつなぐなんて。
「やだ。絶対離さない」

黒川くんはいつもより子どもっぽくそう言った。
「好きな人が……ほかの男と少しの時間でもふたりきりで一緒にいたのかと思うと、すっげぇ嫌な気持ちすんのが普通なの」
　そっか……私、黒川くんに告白されたんだっけ。
「ごめんなさい」
「いや、べつに姫野さんが謝ることじゃない。ただ……」
　黒川くんは私の手をつないだまま、歩いていた足を止めた。
「……マジですげぇ嫌だった。姫野さんが音楽の名前を呼ぶたびにムカついた」
　なんか、言ってることが子どもっぽくて可愛い……。
　黒川くんは、私の肩に自分のおでこを置いた。
　人通りがある道でこんなに大胆な……。
　私は驚きのあまりフリーズ状態。
「俺、自分が思っていた以上に姫野さんのこと好きみたい」
　どうして……。
　どうして住んでる世界の違うこんな私を好きになってくれたんだろう。
　黒川くんに何か返事をしなくては……。
　でも、なんて言えばいいの？
「……あ、ありがとう……ご……ざいます」
　私はそう、お礼を言うことしかできなかった。

想い

「学園祭(がくえんさい)の出し物、うちのクラスはコスプレカフェに決定です! みなさん力を合わせてがんばりましょう!」
　——キーンコーンカーンコーン。
　学級委員の水田さんが、多数決(たすうけつ)で決めた出し物を黒板に書き出してそう言った時、タイミングよくチャイムが鳴った。
　学園祭が3週間後に迫(せま)った11月上旬。
　私は相変わらず教室の窓側の席でひとり、ワーワーと騒ぎ出すクラスを眺める。
　みんな楽しそう。
　何を着るかをグループでわちゃわちゃと話し合ってる。
　いいな。
　ただでさえ溶け込めていなかったのに……彼と一緒にいるようになった私は、よけいにクラスから浮いているような気がする。
　彼……とは。
　そう、銀髪で端麗(たんれい)な顔立ちをしていて、人の血が通っていないという噂がまだ流れている……。
　——ガラッ。
「姫野さん」
「は……はい」
　誰の目も気にしないで私を目がけて飛んでくる彼こそ。

「昼飯、食べよ」
　私のお友達。
　銀髪ヤンキーの黒川南夏なのである。

「コスプレ？」
「うん。着ぐるみとかドレスとか着たいものならなんでもいいの」
　いつものように私の特等席のベンチで黒川くんとお昼を食べる。
　最近はこの時間が楽しみだったりして。
　１カ月前の私には考えられないことだ。
　誰かと一緒にこうして並んでご飯を食べるなんて。
「姫野さんは何を着るか決まってるの？」
「まだ決まってないよ」
「そっか。なんか嫌だな。制服以外の姫野さんのことをたくさんの人に見られるなんて」
　黒川くんはまたそんなことを……。
　私は少し恥ずかしくなって、目線をお弁当に戻す。
「俺……姫野さんの照れてる顔、結構(けっこう)好きだったりする」
　黒川くんがいきなり、私の顎をクイッと指で持ち上げた。
　何これ……。
「ちょっ……黒川くん」
「好きだよ、姫野さん」
　――――っ！
　黒川くんはそう言うと、顎から手を離して私の頬を優し

く包んだ。
 私は、何も言えずされるがまま……。
 まったく……黒川くんったら……。
 こういうことを平気で言ったりするから……。
 ご飯を食べ終わり、仲間の輪の中に帰っていった黒川くんを見送ってから、自分の教室へ向かう。
 今日みたいに、黒川くんは私のことを何度も好きだって言ってくれるけど……正直(しょうじき)、まだ信じきれない。
 だって……あの黒川くんが……。
 冷血で乱暴者(らんぼうもの)、そしてイケメンの彼が……。

「姫野さん」
 お昼を食べおわり、教室に戻って席についていると、うしろから名前を呼ばれ、考えごとをしていた私はハッと立ち止まり、ゆっくりと振り返った。
「……塚本くん」
「俺の名前、知ってるんだ」
 爽(さわ)やかな顔でそう笑う塚本くん。
「知ってる……よ。だってクラスメイトだもん」
「クラスの人の名前は全員覚えてるの?」
「もちろん……」
「な〜んだ」
 塚本くんはそう言うと少し残念そうに肩を落とした。
「俺だけ覚えてくれてたらよかったのに」
「えっ……?」

どういう意味？
「なんでもない。みんな、姫野さんがクラス全員の名前を覚えてくれてるって知ったら、うれしいと思うよ」
「うれしい？」
「姫野さんって、本当に自覚ないんだね～」
　自覚……。
　なんか、似たようなことを黒川くんに言われたことあったような……。
「実は、今日はお願いがあってさ」
「はい……」
「学園祭の買い出し担当、俺と水田なんだけど、水田は学級委員の仕事も忙しいみたいで……姫野さんが都合よかったら俺と一緒に行ってくれない？」
「買い出し……」
「さっそく、今日の放課後なんだけど」
　これは、クラスメイトとの仲を深められる絶好のチャンスなのでは!?
　この間のクラスのカラオケ会も参加できなかったし……。
　水田さんにはいろいろよくしてもらってるし、水田さんの代わりに手伝うのは、日頃のお礼としてできる最高のことかもしれない。
「あ、強制とかじゃないから……姫野さん忙しいなら」
「……行きます！　手伝わせてくださいっ」
　私はとっさにそう返事をした。
　いつもの私にはできない反応だ。

「そういえば……黒川は大丈夫？　最近ふたりで一緒に帰ってるみたいだから……俺と一緒なのを知ったら……」
　隣を歩く塚本くんがとても心配そうにそう聞く。
「うん。大丈夫だよ。ちゃんとメッセージ送ったから」
「そっか」
　さっき塚本くんと話したあと、すぐに黒川くんに一緒に帰れないことをメッセージで伝えたら『わかった』と返事が返ってきた。
「姫野さん、黒川と行動するようになってから、ちょっと変わったよね」
「え？」
「ちょっと明るくなった。表情とか」
「そ……そうかな？」
「そうだよ。黒川のことすげー好きだってわかる」
「へっ!?」
　塚本くんは何を言っているんだ。
「す、好き？　私は……」
　黒川くんのことをそういう目で見たことなんて……。
「もちろん友達として、でしょ？　この間、姫野さん言ってたよね。黒川は友達だって」
「……あ」
　私ってば……何、慌てちゃったんだ。
　友達としてに決まってるじゃない。
　この間、自分でそう塚本くんに言ったのに。
　何をそんなに……。

ドキドキしてるのよ。
　動揺していることを塚本くんに知られないように、何事もなかったかのように振る舞う。
「姫野さんってさ……ほかの女子達とちょっと違うよね。なんか本当に、女の子って感じ。顔が可愛いってだけじゃなくてさ」
「えっ?」
　塚本くんにサラッと『可愛い』なんて言われて、赤くなっていく顔をとっさに隠すように下に向ける。
「すごくいい子だなって思うよ」
「……」
「知ってる？　クラスの女子も本当は姫野さんともっと話したがってるよ。でも……姫野さん、あんまりクラスの子と自分からは話さないから」
「……嘘」
「本当だよ。姫野さんだけ違う世界にいるような雰囲気があるから、みんな近づけないだけで、友達になりたいと思ってる。……なんでみんなと話さないの？」
「……話したいんですけど……いざそうなると緊張しちゃって……」
「ふーん。でも、今、俺と話せてるよね？」
「……それは……塚本くんとはもう何度も話してるし……それと……」
「それと？」
「……黒川くん」

『黒川くんのおかげ』と言おうとした時だった。
　——ガシッ。
「きゃっ！」
　突然うしろから、誰かに手を掴まれた。
「なんで俺以外の男と歩いてんの」
　————っ!!
　私の手を掴みながら、眉間にしわを寄せてそう言ったのは。
「黒川くんっ！　なんで……」
「なんでじゃないよ。お前、何してんの」
　黒川くんはそう言って、塚本くんをにらみつけた。
　塚本くんは、怯えた顔をして私達から少し距離をとる。
「何って……ちゃんとさっきスマホにメッセージ送ったよね……返事だってちゃんと返ってきたよ」
「あぁ、送ったよ。でも、姫野さんは言ってることとやってること違うよね」
「へ？」
　黒川くんが何を言ってるのか全然わからない。
　黒川くんは、ズボンのポケットからスマホを取り出して、私に画面を見せた。
　私と黒川くんのさっきのメッセージのやりとりが画面に映っている。
「姫野さん、自分が打った文字をちゃんと読んで」
　なんだか、黒川くんがいつもと違ってとっても怖い。
「えっと……『クラスの女の子と代わりに学園祭の買い出

しに行くことになりました。先に帰っていてください。いつもありがとうございます』」
　ん？
　何がおかしいの？
「ここ、ちゃんと見て」
　黒川くんが指差すところをもう一度読む。
「クラスの女の子と……あれ？」
「そう。姫野さん、女の子と買い出しに行くって書いたよね？　それなのにどうしてこんな奴といるの」
　塚本くんは『こんな奴』と言われ、さっきよりも身体を小さくした。
「ごめんなさい……打ち間違えてました。女の子の代わりにって打つつもりが。『と』になってしまって……」
　私はすぐに間違いを謝る。
　でも、『の』と『と』が違うだけで……どうしてこんなに怒ってるの……。
「一緒に行く相手が男だってわかってたら、許可なんてしなかったよ」
「え？」
「姫野さんは自覚がなさすぎるから。……そのメモを俺にくれない？　俺が買ってくるから」
　黒川くんは私から塚本くんに身体の向きを変えると、いつも私と話す時とは別人の顔と低い声でそう言った。
「あ、はい……」
　塚本くんは小さな声でそう言い、持っていた買い出しリ

ストのメモをおずおずと黒川くんに渡す。
　なんだか……申し訳ない。
　せっかく塚本くんやクラスの子達と関われるチャンスだと思ったのに……。
「行くよ、姫野さん」
「あっ」
　黒川くんは私の腕を掴むと、いつかのようにズンズンと歩き出した。
　塚本くん……ごめんなさい。
　私はうしろを振り返って、こちらを黙って見つめる塚本くんに心の中でそう言う。
「見ないで」
　黒川くんは塚本くんを見つめる私にそう言った。
「……文字を打ち間違えたのは謝るけど……でも……」
　黒川くん、まだ怒ってる。
　一緒にいる時間が積み重なり、その背中を見ただけで彼がどういう感情なのか大体わかるようになってきた。
　まぁ、彼が私に背中を向けている時はだいたい怒っている時なんだけど。
「……黒川くん、ごめんなさい。でも、塚本くんの誘いをよろこんで受けたのは私の方で……」
「ムカつく」
「え？」
　黒川くんはそう言って、やっと私の方を振り返り、足を止めた。

「この間、俺は言ったよね？　ほかの連中も姫野さんのこと狙ってるって。どうしてそんなに鈍感でいられるんだよ。さっきの男だって……」
「……そんなこと、ない……」
「そんなことあるよ。あいつだってきっと下心があって、姫野さんに近づいたんだ」
「それでも……」
　私は聞こえるか聞こえないかわからないくらい小さい声で話す。
　黒川くんにはお世話になってるし、優しいところもたくさん見てきたけど……だけど。
　このままでいいとは思えない。
「今回は……私が塚本くんと行きたいと思ったの……それなのに……」
「姫野さん？」
　怒っていた黒川くんが私の顔をのぞき込む。
「どう考えても……さっきの黒川くんは……ひどいと思う。あんなやり方……」
「俺は姫野さんのこと思って……心配で……」
「……恋人じゃないのに」
　止まらなかった。
　大事なチャンスを台無しにされて。
「え？」
　怒っていたはずの黒川くんがキョトンとした顔でそう言う。

「私と黒川くんはただの友達なのに。ここまで勝手な行動は困るよ……」
　クラスの子達とやっと少し、距離を縮められるまたとないチャンスだったのに。
　黒川くんが壊してしまった。
　だから。
「もう……関わらないで」
　私はそう言って、黒川くんを置いて走り出してしまった。

　学校行きたくないなぁ。
　一睡もできずに、気づけば窓から日の光がさしていた。
『もう……関わらないで』
　昨日、黒川くんにそんなことを言ってしまった。
　どうしよう……。
　黒川くんにどんな顔して会えばいいのかわからない。
　それに……もう黒川くんは私に会いたくないかもしれない。
　私のことなんてもう……。
　つい感情的になってあんなことを言ってしまったけど。
『関わらないで』なんて本心じゃなかった。
　もとはと言えば、黒川くんのおかげで、少しずつ人と接することができるようになったのに。
　目先のチャンスを失ったことだけに、自分の気持ちがいっちゃって……。
　自分のことしか考えてなかった。

完全に嫌われた……。
人と関わるとろくなことない。
それは中学の頃に痛いほど見てきて感じたはずなのに。
いくら気をつけていても、結局、私はいつだってよけいなことを言ってしまう。
私なんか……やっぱり……ずっとひとりで誰とも関わらず地味に過ごしていたらよかったんだ。
黒川くんに『好き』だなんて言われて、優しくされて、完全に浮かれていた。
クラスのみんなと黒川くんとも仲良くなりたいなんて都合がよすぎる。
「うぅ〜〜……」
私は布団に潜り込んで身体を丸くする。
——コンコンッ。
「沙良〜〜学校だぞ〜〜」
布団に潜り込んでいると、ドアの外からお兄ちゃんの声が聞こえた。
「……んー」
「沙良どうした？ 入るぞ？」
——ガチャ。
お兄ちゃんが部屋に入ってくる音が聞こえる。
「布団に隠れてるのか。そういう時はいつも……」
——カバッ。
布団がめくられ、バチッとお兄ちゃんと目が合う。
「何か悩んでる時だ」

そう言ってお兄ちゃんが優しく微笑み、私の頭を撫でた。
「……お兄ちゃん」
「学校でなんかあったのか？」
　お兄ちゃんは昔からとても鋭い。
　私に何かあるとすぐ気づいてくれる。
「俺でよかったら相談乗るけど？」
　お兄ちゃんはそう言って、私のベッドに腰を下ろした。
「ありがとう……あのね……友達に……ひどいこと言っちゃったの。でも……もう嫌われちゃったかもしれないと思って怖くて……」
　身体を起こしながら今の状況を伝えた。
「へぇ……沙良にそんな友達がいたなんて、お兄ちゃん初耳」
「最近……仲良くなったの」
「そっか。よかったね」
「……でも」
「今こうやって沙良が悩むってことは、それくらい本気でそのお友達と接してたってことだから、とってもいいことだと思うよ」
　お兄ちゃんはそう言って、また私の頭を撫でた。
「きっと、すごくいい子なんでしょ？　その子。だから沙良がこんな風に悩んじゃう。沙良がここまで本気になる友達ならきっと大丈夫。ちゃんと沙良の今の気持ちを伝えれば、わかってくれるよ」
「……うん。ありがとう」

中学の頃もクラスのイジメで悩んでいた時、励ましてくれたのはお兄ちゃんだった。
　いつもはお兄ちゃんの過保護な言動に呆れることもあるけれど、こういう時やっぱり頼りになる。
　今日もお兄ちゃんの言葉で、少しだけ元気が出た。
　早く学校に行って黒川くんに謝ろう。

「姫野さん！」
「わっ……は、はいっ」
　重い足取りでなんとか学校に着くと、教室の扉の前で水田さんが迎えてくれた。
「昨日はありがとうね、私の代わりに買い出し行ってくれて！　すごく助かった！」
「……えっ」
　そういえば……私、昨日って……塚本くんを置いていったうえ、黒川くんと買い物にも行かず、そのまま帰っちゃって、買い出しなんて行ってなくて……。
「あの、水田さん……ごめんなさい、私」
「なんで謝るの？　ちゃんとバッチリ全部そろってたよ！」
「えっ？」
　水田さんの視線の方向を見ると、教室の端に色とりどりの紙袋やレジ袋があった。
　もしかしてあれって……。
「水田すまん！　昨日、黒川が途中で来てさ、黒川と姫野さんが代わりに買い出し行ってくれたんだよ」

水田さんのうしろから塚本くんがやってきて、そう言った。
　　　……違う。
　　　私は途中で帰ってしまって……。
　　　黒川くん、あのあとひとりで買い物して、教室に持っていってくれたんだ。
「……黒川くんが」
「え？」
　　　と水田さん。
「私は……途中で帰っちゃって。……それで……これは全部黒川くんが……」
「黒川が？　ひとりで？」
　　　塚本くんが驚いた顔をする。
　　　どうしよう。
　　　私ってば……最低(さいてい)だ。
　　　私にあんなこと言われたのに、黒川くんはちゃんと仕事してくれて。
　　　黒川くんに今すぐ会わなくちゃ。
　　　私は、教室を飛び出した。
　　　早く。
　　　早く謝らなきゃ。
　　　廊下を早足で進んで一目散(いちもくさん)に彼の教室に向かって。
　　　教室の外から中を確認するけれど、すぐに目につくあの銀髪は見つからない。
　　　黒川くんのクラス、屋上に続く階段、中庭。

黒川くんがいそうなところをあちこち探し回る。
　クラスの子と少し話せるようになったのも、学校が少し楽しいと思えるようになったのも、全部黒川くんのおかげなのに。
「黒川くんっ」
「黒川南夏くんっ……」
　私は息を切らしながら何度も彼の名前を呼ぶ。
　あんなことを言ってしまった私のことを、黒川くんはもう嫌いかもしれないけど。
　だけど。
「黒川くんっ」
　何度も名前を呼ぶ。
　どこにいるの？
　どこを探しても見つからない。
　いつもみたいにどこからか現れてくれるんじゃないかって思ってた。
　呼ばなくても気づけば隣にいた黒川くん。
　そうだ。いつだって、会いに来てくれたのは黒川くんの方で。
　『姫野さん』って私の名前を優しく呼んでくれていた。
　いざ、自分から会いたいと願ってもこんなにむずかしいなんて。
　自分の中で、黒川くんの存在がとても大きく、そして当たり前になっていたことを今さら感じて……。
　会いたいよ、黒川くん。

「黒川くん！」
　涙を堪えながらそう叫んだ時。
「姫野ちゃん？」
　そう私の名前を呼ぶ声がした。
「姫野ちゃん……なんで泣いてるの」
　茶髪と派手なパーカーがトレードマークの愛葉くんが不思議そうにこちらを見ていた。
「愛葉……くん……」
「南夏のこと探してるの？」
　愛葉くんは私に歩み寄りながらそう聞いてくる。
「うん……私、ひどいこと言っちゃって……だから謝りたくて」
「ほほぉーん。だからか〜」
　愛葉くんはなんだかニヤニヤしながらそう言う。
「え？」
「ううん〜、なんでもない。……南夏、今日は学校に来ないと思うよ」
「え……どうして？」
「さぁ〜」
「……さぁ……？」
　もしかして……黒川くんは私に会いたくなくて、学校に来ていないのかな？
　今さら謝りたいなんて思っても、もう遅かったのかも。
「姫野ちゃん、南夏の昔の話とか聞いたことある？」
　うつむいて涙を堪える私の顔をのぞき込みながら、突然、

愛葉くんがそう言い出した。
「えっ。聞いたことないですけど……」
「じゃあ、姫野ちゃんにだけ特別にしてあげるよ」
　愛葉くんはそう言って、噴水の縁に腰を下ろした。
「俺と南夏はガキの頃からずっと一緒なんだけどね、南夏の家はいろいろ複雑（ふくざつ）で、そのせいもあって、中学に入るくらいからよく隣の中学の奴らとケンカするようになってたんだよ」
「……はい」
「でも、中３の時そのケンカがピタッと止まってさ。なんでケンカをやめたのかは、幼なじみの俺でも原因がわかんないんだけど。……それで、ケンカをやめていたはずの南夏が、今年いきなり先輩のことをボコボコにしてね」
「それが原因で停学処分になったのは知ってる」
「そう。それで、その先輩とケンカになった原因なんだけどね」
「……はい」
「ぼっち姫。姫野ちゃんなんだよ」
「え？」
　愛葉くんは何を言っているんだろう。
　停学処分の原因が私？
「ど……どういうこと？」
「その先輩達が、姫野ちゃんの話をしてたんだよ。それをたまたま俺らも聞いてて」
「……私の話……？」

「んーまぁ、話の内容はあんまり言いたくないけど……すごく、胸くそ悪くなる話だったんだ。それで南夏がいきなりカーッとなって殴り出してね……まぁ、姫野ちゃんは有名だから俺らも存在を知ってはいたんだけど、南夏があそこまで怒るなんて、ずっと一緒にいた俺でもなかなか見たことなかったから、とにかくびっくりしてさ」

　まさか……あの事件の原因が私なんて。

　信じられない。

「南夏があの時、あいつらのことをボコってなかったら、きっと姫野さんがすごく危ない目に遭ってたと思うんだ」

　そんな……。

　黒川くんが……私のために……。

「南夏はさ、姫野ちゃんが思ってるより、姫野ちゃんのこと好きだと思うよ。正直に言うと、南夏が一目惚れするタイプとは思わなかったけどねぇ……。南夏は姫野ちゃんのこと誰よりも大切にしてる」

　黒川くんが私と一緒にいるのは、ただのヒマつぶし、ただの遊び。そんなことを考えたことがあったけれど。

　先輩を痛めつけるくらい、怒ってくれたなんて。

　黒川くん以外の誰かから、初めてそんなことを言われて。

『関わらないで』

　そんなに心配してくれた人に向かって、放った言葉。

　私のひと言が、黒川くんをどれだけ傷つけてしまったのか、改めて気づかされた。

『この間のこと、会ってちゃんと謝りたいです』
　放課後、緊張しながら黒川くんにメッセージを送る。
　もう返事はくれないかもしれない。
　そう覚悟しながら。
　──ピロン♪
　だけどすぐに返事が返ってきた。
『今週いっぱい学校に行けなくなった。土曜日会おう』
　え？
　学校に来られない……？
　一体どうしたんだろう。
　黒川くんがどこで何をしているのか、まったくわからなくて、少し不安だけど。
　でも……。
　よかった、返事をくれた。
　土曜日。
　会えるんだ。
　それだけでなんだか胸が温かくなって。
『はい。では土曜日に』
　私はすぐに、そう返事をした。

デート

　そして、ついにやってきた土曜日。
　けれど。大きな問題が発生。
　初めて黒川くんに見せる、私服!!
　どうしよう……。
　可愛い私服なんて持ってないよ。
　黒川くんがうちに迎えに来るまで、あと２時間。
　ずっと考えてたんだけれど、悩むばかりで買い物にも行けず、今日になってしまった……。
　化粧もまともにしたことないし、持っている洋服を全部出してみたけれど、どれを着ればいいのか、わかんない。
　どうしたらいいんだろう。
「沙良～～、なんか焦ってるみたいね～？」
「お母さん……」
　鏡の前でアワアワしていると、お母さんが私の部屋のドアのすきまからそっと顔を出してこちらを見ていた。
「お母さ～んっ!!」
「ふふーん。黒川くんとデートなんでしょ？」
「へっ!?　なんで……それ…」
「見てたらわかるわよ～、早起きしてずーっと鏡ばっかり見てるんですもの。決まらないの？　着ていく服」
「……うん……いつもは全然気にしないのに……今日はなんだか、全部の服が変に見える」

「ふふっ。お母さんもお父さんと初めてデートする時そうだった」
「……そうなんだ」
　お父さんとお母さんの初めてのデートなんて、想像しただけでなんだかこっちが恥ずかしくなる。
「沙良は何を着ても似合うんだから。いつもどおりでいいと思うわよ」
　お母さんは私の両肩にうしろから手をかけて、鏡ごしに私を見ながらそう言う。
　お母さんのたったひと言で。
　なんだか少しだけ心が落ち着く。
「うん。ありがとう。お母さん」
　第一、恋人じゃなくて友達だし、遊びに行くわけじゃなくて、謝るためだけに会うんだもんね。
　そうだ。そうだ。
　少し浮かれていた気持ちを慌てて押し殺して、私は普段から着ているお気に入りの水色のワンピースに袖を通した。

　家のチャイムが鳴ったので、慌てて玄関から出ると、そこには私服の黒川くんが照れくさそうに立っていた。
「お、お待たせ……」
　私は、少しモジモジしながらそう言う。
　やっぱり、この格好はちょっと変だったかなとか気になってしまう。

「行こっ」
「あっ」
　黒川くんは私の手をサッとつなぐと、テクテクと歩き出した。
　よかった。
　ちゃんと手をつないでくれる。
　あれっ？
　私、何を考えてるんだ。
　付き合っていないのに手をつないでいるほうがおかしいし。
　でも、正直、手をつないだだけで、いつもの黒川くんだって思って少しホッとする。
　数日間、黒川くんに会えなかっただけで、すごく寂しかったから。今は、この手を離したくない。
　『関わらないで』と言ったのは自分の方なのに。
　『離さないで』と思ってる自分がいて。
　黒川くんと過ごすようになってから、自分が自分じゃないみたいにわからない。
「……黒川くん……あのね……」
　私は足を止めて、彼の名前を呼ぶ。
「この間、ひどいこと言って……本当にごめんなさいっ。私、自分のことで必死で……。あんなひどいこと言ったのに、黒川くんちゃんと買い出しもしてくれて……それで……本当にごめんなさ……」
　――――っ!!

突然、温かいものに体が包まれる。
　私の体は、黒川くんの腕の中だ。
　何かに守られているような感覚。
　黒川くんの匂いがする。
「黒川くん……ごめんねっ」
「許さないし」
「そんなっ」
「……絶対許さないし」
　───ギュッ。
　そう言う黒川くんが私を抱きしめる力は少し強くなって。
　『許さない』と言われているのに、その腕の中はすごく温かくて、不安だった気持ちが自然と落ち着いていく。
「罰として、今日は1日、俺のわがままに付き合ってもらうから」
「1日付き合ったら……許してくれる？」
「どうかな」
　……そんな。
　黒川くんは最後にもう一度ギュッと私の身体を抱きしめた。
　そして、ゆっくり体を離し、手をつなぎなおしてから、駅の方に向かって歩き出した。

「黒川くん……手……」
「何？」

黒川くんの声は、まだ少し不機嫌で。
　　でも、ずっと私達は手をつないでいる。
「電車では……さすがに……」
　　黒川くんは電車の中で並んで座ってもなお、私の手をギュッと握りしめて離さない。
「姫野さん、いつどこで走っていっちゃうかわかんないから」
「うぅ……電車の中では走らないよ……」
「信じられない」
「……そんなぁ」
　　こんなことを言っておきながら、内心ではちょっとよろこんじゃってる自分がいる。
　　周りの人から見たら、私達はどう見えているだろう。
　　カップル？
　　そんなことを思って、また『変な格好していないかな』という不安が襲ってくる。
　　隣の黒川くんは……チラリと横をみると、呑気に目を閉じて眠っている。
　　やっぱりカッコいい。
「姫野さん、こっち見すぎ」
「へ!?」
　　寝ていると思っていた黒川くんが、目をつぶったままそう言うので、思わず変な声が出る。
　　……もう。
　　そして、黒川くんは目を閉じたまま、つないでいる手を

ギュッとした。
　——トクン。
　あ、また私の心臓が反応した。
　ドキドキしてる。
　なんで……？
「黒川くん……これから、どこ行くの？」
「教えない」
　いくら私の発言にムカついたとはいえ、連れ出して行き先も教えないなんて……。
　相当、根にもってる。
　それでも。
　歩くスピードを私に合わせてくれるところとか。
　私のバッグをずっと持っていてくれるところとか。
　ずっと握ってくれている手とか。
　それには愛しさしか感じない。
　って……。
　何言っちゃってんの。私。
　手はつないじゃってるし、さっきはハグもしちゃってるけれど。
　私達は友達関係なだけで。
『……姫野さんのこと、好きだから』
　頭の中で、告白されたシーンが蘇る。
　それでも私は。
『南夏は姫野ちゃんのこと誰よりも大切にしてる』
　愛葉くんの言葉を思い出す。

私は……。

「あれに乗るの」
「え!?」
　電車を降りて少し歩いてから、黒川くんが指差した方向を見つめる。
　そこには、大きな赤い観覧車があった。
　か、か、観覧車……。
　私の顔は思わず引きつってしまう。
　だって……私。
　大の高所恐怖症だから……。
　観覧車なんて……。
「黒川くん……私……高いところは……」
「今日は1日、俺に付き合ってもらうって言ったよ」
　そんなっ!!
　黒川くんは少しニヤッと笑って、私の手を引っ張った。

「姫野さん？」
「………」
「もしもし、姫野沙良さん。目を開けて」
「……私、高いところが大の苦手で……」
　観覧車に乗った瞬間、私は目を閉じて、体を丸くしていた。
「知ってるよ。姫野さんの苦手なものは、姫野さんのお母さんに確認ずみ」

「え、お母さん!?」
「姫野さんが高いの苦手なの知ってて、俺、わざとここを選んだの」
「……なんでそんなこと！」
　私はバッと目を開けて思わず叫んだ。
　————っ!!
　閉じていた目を開けてしまったせいで、窓からの外の景色が一望できてしまい、怖くなって足がガタガタと震える。
　黒川くん、こんなに意地悪なことする人だった!?
　ここまでしないと気がすまないの？
　いや、これくらいの罰をうけるほど、ひどいことしたよね、私。
「黒川くん……そんなに怒って……」
「怒ってないよ」
「え……じゃあ、なんで……」
　外の景色をジッと見つめる黒川くんにそう聞く。
　私に仕返しをするつもりじゃないなら、一体……？
「つり橋効果」
「え？」
　聞き間違いじゃないかと思い、黒川くんの言葉をもう一度聞き返す。
「だから、つり橋効果。恐怖のドキドキを……俺に対してのドキドキだって勘違いしてくれればいいなって」
「……っ！」
　黒川くん……まだ私のこと……。

「好きって……言ってよ」
　耳と頬をまっ赤にして、外を見つめながらそう言う黒川くんを見て、私まで顔が熱くなる。
　『関わらないで』なんてひどいことを言って、走って置いていっちゃったのに。
　それでも黒川くんは。
　ずっと私のことを。
　なんだか涙が出てきそうな気持ちになった。
　なんの取り柄もない私のことを、黒川くんはいつだってまっすぐ考えてくれて。
　そんな黒川くんの気持ちに応えたいって思いよりも、ずっと純粋に、私はもう彼のことが……。
　この気持ちを伝えなきゃ……。
「……だよ」
　精いっぱいの小さな声で。
「え？」
　このドキドキは絶対に。
　もう結構前から。
「私、黒川くんのこと好きだよ」
　あなたが原因のドキドキだから。
　勘違いなんてするわけない。
　今まで感じたドキドキとはまったく違うんだから。
「へ？　……姫野さん……今……なんて？」
　黒川くんは目を大きく見開いてパチパチと瞬きしながら、こちらを見つめる。

「好きだよ。私、黒川くんが……男の子として好きだよ」
　味わったことのない恥ずかしさでうつむいたまま、そう答える。
　高いところへのドキドキよりも。
　黒川くんへのドキドキが圧倒的にどんどん大きくなって。
「姫野さん……ほ、本当？」
「うん。黒川くんと会えない時間が増えて気づいたの。ひとりで平気だったのに、もう全然ダメで。考えるのはずっと黒川くんのことばっかりで……」
「……姫野さん」
「愛葉くんから聞いた。停学処分になったの、私のためにやったことだったんだよね」
「ったく……音楽の奴……」
　目線を少しそらしてボソッとそう言う黒川くん。
「ありがとうね。黒川くん。ずっと私のために……」
「お礼なんて。だって、俺はいつも俺のために行動してるんだよ。自分が姫野さんに好かれたいがために。姫野さんを自分のものにするために」
「……それが……すごくうれしいの」
　私がそう言うと、黒川くんはまた目を見開いてボッと顔を赤くした。
「姫野さん、やばいよね」
「な、何が？」
「こんな簡単に男をその気にさせるから」

「へ!?」
　黒川くんは、席から立ち上がると、私の方へ１歩近づいた。
「隣でずっと我慢していた俺の身にもなってよ」
「……黒川くん」
　──ユラッ。
「黒川くん、座ってっ!!　動かないでっ!!」
「え?」
「ゆ、揺れてる……揺れてるから早く座って！」
「いや、姫野さん……今すごくいいとこ……」
「いいから座って！」
「……はい」
　私が恐怖のあまり涙目で訴えたので、黒川くんは渋々、正面の席に座りなおした。
　まるで、おあずけを命令された犬みたいに。

「あの……さっきはごめんね。本当に苦手で……あんなところで揺れちゃうから、びっくりして……」
「……うん」
　あぁ。
　落ち込んでる。
　恐怖の観覧車から無事に生還できて、外を歩いているけれど、黒川くんはまだちょっといじけている。
「次、どこ行こうか？　お腹空いてる？　それとも……きゃっ！」

黒川くんは、しゃべってる私を横からギュッと抱きしめた。
　またこんなところで大胆な……。
　今日、彼にこうして抱きしめられたのは何回目だろう。
「好き同士……だから……いいよね？　姫野さんに関わっても」
「……えっ」
「姫野さんにああ言われて、あのあと考えたんだ。友達のままでは踏み込めないなら、もう無理矢理にでも恋人になって踏み込もうって。キモいよね俺」
「ううん」
　そんなこと思うわけないのに。
　黒川くんが私のことでいろいろ考えていたなんて、うれしくてまた泣きそうになるくらいだ。
「好きだよ、姫野さん」
「うんっ」
　この温もりが、ずっと私の居場所であってほしい。
　いつまでも。
　黒川くんに抱きしめられてそう強く感じた。
「姫野さん、何にするか決めた？」
「うーん。カニとトマトのクリームパスタにしようかな」
「よし、じゃあ店員さん呼ぶね」
　観覧車の下にあるファミレスで黒川くんとランチメニューを注文する。
　これが黒川くんとの初めてのデート。

もちろんそれは、人生初のデートでもあって。
　そう考えると、胸がまたドキドキしはじめる。
　そういえば……。
　今やっと、ちゃんと心を落ち着かせて黒川くんの私服姿を見ることができる。
　シンプルな服装なのに、顔が整っているからまた絵になる。
　私はどうだろう。
　変じゃないかな？
　彼がこんなにイケメンで絵になるっていうのに、彼女の方はダサいって思われないかな!?
　私は店内を見渡してから、自分の服装を再度チェックする。
「フッ……姫野さん、今、すげぇ挙動不審だよ」
「へっ？」
　正面の黒川くんがククククッと肩を揺らして笑っているのを見たら、なんだかすごくホッとした。
　誰にどう思われようが、黒川くんが今こうして楽しそうにしてるところが見られるなら、それでいい。
「お待たせしました～」
　店員さんが私の注文した料理を運んでくる。
「姫野さんのおいしそう……」
「黒川くんのもそろそろ来るよ」
「うん」
「お待たせしました～。ハンバーグセットになりまーす」

「あ、どうも」
　黒川くんの料理もそろって、ふたりで「いただきます」と手を合わせる。
「んー！　おいしいっ！」
「ね。うまい」
「黒川くんはここ来たことあるの？」
「何度か。音楽達とな」
「へ〜そうなんだ」
　愛葉くん達といる黒川くんは、どんな会話をするんだろう、なんて少し気になる。
「ねぇ、姫野さんのそれ、ちょっとちょうだい。俺のもちょっとあげるから」
「うん……いいよ」
「……あー」
「え？」
「あー」
　あーって……？
　口を開けたまま、何かを待っている黒川くん。
　これって……あーんしてってこと？
　私は、え？と固まってしまう。
「この間の発言を許してほしかったら、ちゃんとやって」
「……そんな」
　ここでそれを蒸し返すのか……。
　私は少し恥ずかしくなりながら、フォークにパスタを巻いて黒川くんの口に運ぶ。

「んー！　うま!!」
　黒川くんはパスタをパクっと口に入れてから、キラキラした目でそう言う。
「ねっ！」
　私も自然と笑みがあふれてくる。
　学校で冷血だと騒がれている黒川くんとのギャップ。
　どっちが本当の黒川くん？
　誰が見たって、不良ヤンキーの可愛い姿にニヤけちゃうよ。
「はい」
「へ？」
　今度は黒川くんが、切ったハンバーグをフォークに刺して私に向けた。
「……な……に？」
「あーん」
「いや、いいよっ。私は大丈夫っ！」
　また心臓がドキンと鳴る。
　まったく……黒川くんってば。
「え、なんで？」
「なんでって……」
　いくらなんでも、黒川くんの目の前で大口を開けるなんて無理に決まってる。
「私はいいの。このパスタが食べたくて注文したから」
「ふーん。……そっか」
　黒川くんの前だと恥ずかしいからなんて、その発言その

ものだって恥ずかしい。
　それから、私達はたわいもない会話をしながら、食事を再開した。
　またこうやって、彼の笑顔が見られてよかった。
　仲直りできてよかった。
　本当にうれしい。
　こうしてふたりで一緒に食事ができるなんて。
　そして。
　……私、本当に黒川くんの彼女になっちゃったんだ。
　隣にいるだけで、なんだかとってもあったかい気持ちになる。

「黒川くん……いつまでこうしてるの」
「んー、ずっと」
　ずっとって……。
　帰り道、駅から出てすぐ近くにある公園のベンチで黒川くんと座っているけれど。
　もう10分以上、黒川くんはこうして私の肩に自分の頭を置いている。
「姫野さん、本当に俺と付き合ってくれるの？」
「それ……もう５回以上聞いてるよ」
「うん。わかってる」
「……黒川くんが私でいいなら」
　照れ臭くて、少し遠くを見ながらそう言う。
「なにその顔」

首を傾げながら、私を見上げている黒川くん。
「えっ？」
「可愛すぎるでしょ」
「……っ！」
　黒川くんのこういうドキドキさせる行為は、一体いつまで続くんだろうか。
　いいかげん、心臓に悪すぎるので少し抑えてほしい。
「黒川くんだって……自覚あるんですか？　……そういうことばっかり言って……何度も私をドキドキさせる」
「俺は自覚あるよ。姫野さんをドキドキさせたいと思って全部やってるからね。でも結局、姫野さんのような不意打ちには勝てない。無自覚って怖いよね」
「……意味がよくわかりません」
「そういうところ、ずるすぎる」
　結局、口では黒川くんの方が上手で。
　もともと黒川くんに勝とうなんて気持ちはないのだけど。
　でも、私ばかりキュンッとしているのは少しだけ悔しい。
　……そういえばここ。
　すごく久しぶりに来たこの公園を見て、２年前のことを思い出す。
　中学３年の頃、塾の行き帰りの抜け道でこの公園を通っていて。
　その時に１度、大ケガをした男の子を手当てしたことがあったっけ。

元気なのかな。あの子。
「ここ、俺の大切な場所なんだ」
「⋯⋯え」
　突然、黒川くんが口を開いた。
「ここで俺の人生が変わったんだ」
「へぇ、誰かとの思い出の場所？」
「うん」
「友達とか家族とか？」
「んーまぁ、そこらへんかな」
「そっかぁ〜⋯⋯」
　家族や友達ならそう言えばいいのに、あえてにごした言葉に少しだけモヤっとしてしまう。
　もしかしたら、黒川くんにだって、元カノとか今までに好きになった人はいたかもしれないし。
　そんな特別な人との思い出の場所だったり⋯⋯するのかな。
　そんなことを考えたら、胸がチクリと痛む。
　黒川くんは何かを考えているようで、黙って遠くを見つめていた。

「ジャーン！　可愛いでしょ!?　姫野さんには絶対にこれを着てほしいってみんなで話しててさ！」
　週明けの月曜日。
　学校に着くと、さっそく水田さんが私のところにやってきてあるものを見せた。

「こ、これって……」
「不思議の国のアリスのコスプレ!」
　うれしそうに前のめりで水田さんがそう言う。
「か、可愛いね……」
「でしょ？　姫野さんには絶対これがいいと思ってさ!」
「え、これ……私が着るの？」
「うん。そうだよ。可愛いよね〜!　ちなみに私はチェシャ猫なんだ〜」
　こんな……。
　こんな可愛らしいもの。
　私なんかが着ていいわけ……。
「それとも、姫野さんほかに着たいものあったかな？」
「え……ううん。ないけど……」
「じゃあ決まり!　これ、一応レンタルだから、試着は学校でお願いね!　家に持ってかえったりするとなくした時とかめんどくさいからさぁ〜」
　水田さんは私に「期待してる!」とだけ言って、自分の席に帰っていってしまった。

　どうしよう……。
　あんな可愛いもの恥ずかしいよ……。
　授業中の私の頭は、机の横にかけられた紙袋に入った衣装のことばかりで。
　もう、最近は毎日考えることがありすぎて、本当に授業についていけてないよ。

黒川くんは……。
　これを着た私を見てどう思うんだろうか。
　ちょっと前なら絶対考えなかったことだけど。
　今は少しだけ。
　黒川くんだけには見せたいかも、なんて思ってる自分がいるわけで。
　私はいつからこんなにもうぬぼれ屋になったんだろう。

「え、黒川くん達のクラスもカフェ？」
「うん。そうみたい。メイド喫茶的な。男は執事の格好をするって」
　愛葉くんが楽しそうにそう話す。
「つーか。なんでお前がいるんだよ」
　お昼休み、私達の座るベンチの正面に腰を下ろしてしゃべっている愛葉くんに、黒川くんが言い放つ。
「いいじゃん。たまには」
「ダメだ。どっか行け」
「ブー」
　ふてくされて頬をふくらませる愛葉くんは、正直ちょっと可愛い。
「姫野ちゃんのところはコスプレカフェ？」
「お前は姫野さんに話しかけんな。しかも馴れ馴れしくちゃんづけで」
　黒川くんが相変わらず愛葉くんをギラッとにらむ。
「うんっ。みんな自分が着……んっ！」

「姫野さん、こんな奴と話さなくていいから」
　黒川くんが私の口に手を置いて塞ぐ。
「南夏、すげぇ〜デレデレじゃん」
「うるせぇ」
　黒川くんは、愛葉くんが私の話をすると、すぐムッとする。でも……そこがなんだか可愛い。
「ふたりの執事姿、楽しみにしてるね！」
「おぉう！　まぁ俺っちはなんでもカッコよく着こなしちゃうからね〜ん。あ、でも、南夏は参加しないって言ってたよ。執事なんてあんなもの着るわけねぇって……」
「んなこと言ってねぇ。着るよ」
「ヘ？　でも南夏さっき……」
「黙れ」
　黒川くんはギラッと愛葉くんをにらむと、少しだけ耳を赤くした。

学園祭

「ちょっと〜、生地(きじ)が多すぎるよ〜」
「こういうのは大胆にするのがいんだよ！　なんでも大きい方がいいだろ！」
「そんなに入れたら、はみ出すかお好み焼きくらいの厚さになっちゃいます！」

　私達クラスのカフェでは、おもにクレープを出すことになり、今はクラスみんなで、家庭科室を借りてクレープ作りの特訓(とっくん)中。

　あちこちのグループから女子と男子の言い合いが聞こえてきたりして、なんだか青春(せいしゅん)って感じだ。

　なんて言ってる私は、相変わらずどこか他人事(ひとごと)で、クレープに入れるイチゴのヘタを取る作業を黙々(もくもく)とひとりでやっている。
「イチゴ好き？」
「……っ！」

　突然、隣から声がして振り向くと、そこには最近よく話すようになった塚本くんが立っていた。
「……うん。好き。でも、クレープは結構おかず系が好きだったりするの」
「え、ツナマヨとか？」
「うん。照り焼きとか」
「へ〜っ、意外。姫野さんはなんか甘(あま)いものが好きそうな

イメージだから」
「……結構、中身はおじさんなのかも」
「フッ……可愛すぎるおじさんだね」
「……っ!」
　いきなり『可愛すぎる』なんて言われて、戸惑ってしまう。
「そういえば、この間、黒川は大丈夫だった?」
「あぁ、うん。ちゃんと仲直りできたから」
「ケンカになったんだ……なんかごめんね、俺が誘っちゃったばっかりに……」
「ううん! そんな! 塚本くんが謝ることじゃないよ! 黒川くんも、もう怒ってないから」
「そっか……姫野さんさぁ」
「あれ──? なんかそこのふたりいい感じじゃない?」
「えっ?」
　塚本くんが何か言いかけた時、クラスの女の子が私達を見て、そんなことを言い出した。
「おい塚本! ずるいぞ! ひとりだけ姫野さんと仲良くなって!」
「ちょっと、クラスのマドンナに気安く話しかけないでよ!」
「はぁー? マドンナっていうのは男の方が言うセリフだろ! なんで同じ女子のお前が言うんだよ。あ、お前は女子じゃなかったな」
「あー!? あんたねぇー!」

「まぁまぁまぁ。でも、よかったよね。姫野さん、最近明るくなって」
　学級委員の水田さんが、クラスの子達をなだめながらそう言う。
「……私!?」
「みんな、姫野さんと仲良くなりたいと思ってたけれど、なかなか話しかける勇気がなくてさ〜」
　水田さんが隣に来て、私と肩を組みながら、そう言う。
　みんなが……私と?
「この学園祭で仲良くなれたらいいな」
「水田さん……」
「このクラスの学園祭の成功は、姫野さんのコスプレにかかってるんだからね!」
「へぇっ!?」
「一緒にがんばろう」
　水田さんは私の手を取ってから、握手をした。

　──学園祭まで、あと３日。
「姫野さん可愛い────っ!!」
「あの、やっぱり……これ……ちょっと……」
　隣の空き教室を試着室がわりにして、例の不思議の国のアリスの衣装を着てみたけれど。
　やっぱり、これ……。
　すごく可愛すぎて恥ずかしい。
　水田さんはノリノリでチェシャ猫のふわふわ衣装を着て

る。
「よし、みんなに見せにいくよ！」
「え!?　ちょっとそれは……」
「明々後日にはお客さんの前に立つんだから、慣れておかないと」
「でも……」
「姫野さん、もっと自分に自信をもちなよ。正直、着せた私が言うのもアレだけど、可愛すぎて、本番になったら変な男が寄ってこないかちょっと心配なくらいだよ。でも大丈夫！　ちゃんと私が見張ってるから！」
「水田さん……」
「このクラスで最初で最後の学園祭だもん。楽しい思い出たくさん作ろうね！」
　水田さんが優しくそう言ってくれたので、なんだか少し心が落ち着く。
　私達は、空き教室の扉を開けて、クラスのみんながいる教室へと向かった。
　——ガラッ。
　意を決して教室の扉を開ける。
「姫野さん、着替えたよー！」
　水田さんがクラスのみんなにそう声をかけた時。
「……姫野さん」
「あれはやばいな」
「本番、逆に心配」
　みんながざわざわと話し出す。

やっぱり……変だったかも。
「あの……私やっぱり着替えて……」
——ガシッ。
　急いで着替えるために戻ろうとしたら、誰かに手を掴まれる。
「塚本くん」
　そこには頬を赤くして立ってる塚本くんがいた。
「すげぇ、いいよ」
　塚本くんは少し目をそらしてからそう言ってくれた。
「……ホ、ホント？」
「あぁ。姫野さん、すげぇ似合ってるよ！」
「本物のアリスだよ〜。姫野さん、可愛い〜！」
　塚本くんが何か言う前に、ほかのクラスメイト達がそう口々に声をかけてくれた。
「みんな……ありが……とう」
　少し照れながら、そうお礼を言う。
　まさか、みんなとこうして話せる日が来るなんて思ってもみなかったから。
「本番はさ！　少しメイクしようよ！」
「いいね！　それ！」
　女の子達がバッと盛り上がって話しはじめる。
　よかった……。少し安心した。
　さっきまでの不安はどこへやら、本番が待ち遠しいな。
「姫野ちゃん？」
　教室の扉の前に立っていると、うしろから聞き覚えのあ

る声が私の名前を呼ぶので、振り返る。
「あ、愛葉くん！」
　少し驚いた顔をして立っていたのは、今日はいつもの茶髪の前髪をだけちょこんと結んだ愛葉くんだった。
「なにその格好……」
「えっ。あ……学園祭で……着るの……」
「え、マジで？」
「うん……」
　クラスのみんなは似合ってるなんて言ってくれたけど、やっぱり変だったかな？
　愛葉くんの反応を見て不安になる。
「へぇ～。南夏の反応がすげぇ楽しみ～。南夏にはもったいないくらい可愛い彼女だね」
　──っ!?
　愛葉くんはサラッとそんなことを言うと、私の赤くなっていく顔なんかお構いなしに、頭をポンポンとすると、スッと自分のクラスへ帰ってしまった。
「ひ、姫野さん……」
　愛葉くんがいなくなって、水田さんが顔を少しこわばらせながら私の名前を呼ぶ。
「はい……？」
「南夏って……黒川くんのことだよね？　彼女って何？　もしかして、付き合ってるの？」
「えっ!?」
　私の顔はボッとリンゴのように赤くなる。

どうしよう!!
『南夏にはもったいないくらい可愛い彼女』
　　愛葉くんがみんなの前でそんなことを言ってしまった。
「あ、えっと……なんて言うか……」
　　言葉をにごす。
　　やっぱり、黒川くんと付き合っているなんて。
　　そう簡単に言えることじゃない。
「なんと言うか……」
　　愛葉くんがあんなこと言っちゃうから……。
「姫野さん、黒川と付き合ってんの？」
　　クラスメイトの男子がそう聞いた時だった。
「付き合ってるけど、なんか問題あるの？」
　　うしろから不意に誰かに肩を組まれて、聞きなれた声がしてきた。
「黒川くん!!」
　　クラスのみんなも、いきなり登場してきた黒川くんを見て、1歩あとずさりして顔を下に向けてしまう。
　　相変わらず、恐れられている黒川くんに誰も何も言えなくなっている。
「何その格好……」
「えっ……あ、ごめんなさい。恥ずかしい、こんな格好」
　　私は、条件反射のように謝ってしまう。
「はぁ……ホントバカだよ。姫野さん」
「え？」
「そんなに可愛すぎて……何かあったらどうすんの」

「なんかって……」
「たとえば……こうやって……」
「えっ?」
　黒川くんがいきなり正面から私の両肩を掴み、急に顔を近づけてきた。
　何事!?
「く、黒川く……っ!?」
「きゃぁ————!!」
　突然、私の視界が目をつぶった黒川くんの顔でいっぱいになり、唇にやわらかい何かが当たると、クラスの女子の甲高い声が聞こえた。
　な、何これ……。
　これって……。
　私……今……。
「ね、姫野さん隙がありすぎるから、すぐこんなことされちゃうよ……?」
「あ、あの……」
　私の顔は今まで以上にきっとまっ赤で、心臓も壊れそうなほどドキドキしている。
　けれど。
　目の前の黒川くんも、私に負けないくらい耳をまっ赤にしてこちらを見ている。
　今のって……私、黒川くんと……。
　キス……?
　しちゃったの!?

クラスのみんなも驚いて固まっている。
　私の頭の中はまっ白だ。
　この状況……。
　どうしたら。
「俺の姫野さんに手を出したら、許さないから」
　黒川くんは私の頭に手を置きながら、クラスメイトに向かってそう言うと「じゃあね」と歩いていってしまった。

「なっちゃんキスしたの!?　みんなの前で！」
「もう、すげぇ噂になっててさぁ。俺もクラスの奴から聞いて、焦って南夏に聞いたら『そうだ』って言うからびっくりして……」
　愛葉くんのお兄さんであるけんさんのお店「cafe ciel」で、愛葉くんとけんさんと、3人で今日のあの事件の話をする。
「ふたりが付き合いだしたことはすでに音楽から聞いていたけど……。まさか、みんなの前でチューってねぇ……」
　けんさんの口から『チュー』という単語が出てきて、あの場面が蘇り、顔が熱をもつ。
　あのあと、クラスみんなの興奮はなかなか冷めなくて。
　すごく恥ずかしくて恥ずかしくて。
　でも……。
　正直、恥ずかしいって気持ちよりうれしいって気持ちの方が大きくて。
　何を思っちゃってるんだ、私。

あんな姿をみんなに見られたっていうのに。
　　それよりも黒川くんとキスできた事実の方がうれしいなんて。生まれて初めて好きになった人とのファーストキス。
　　けんさんは「なっちゃんって案外大胆ね」なんて言いながら、私の大好きなココアを準備してくれる。
　　黒川くんはというと……。
　　私達のいるカウンター席から少し離れた席で、ひとりスマホを触っていた。
「まぁ……姫野ちゃんのあの姿みたら思わずしたくなっちゃうの、わからないでもないけどさぁ……」
「はぁ？　わかるな、見るな、近づくな」
　　黒川くんが愛葉くんをギラッとにらんでそう言う。
「はいはい、姫野ちゃんとっても可愛いけど、南夏の彼女なんだから取ったりしないよ。安心して」
　　今日はなんだか愛葉くんの方が黒川くんより大人に見える。
「あ、黒川くんと愛葉くんのクラスは？　学園祭の準備は進んでるの？」
　　恥ずかしくて、話題を早く変えようと聞く。
「うん！　進んでるよ〜ん！　でも、みんな南夏に怯えてなかなか衣装を渡してくれないんだよね」
「お前に怯えてんだよ」
「はぁー？　どう考えても南夏だよ！　姫野ちゃん以外の人の前ではこう……ヤクザみたいにこ〜んな怖い目つきしてるんだもん」

愛葉くんはそう言って、眉間にしわを寄せて目を奥二重にさせる。
「んな顔してねぇよ！」
「してるよ〜。だから、本番も参加できるか実のところ微妙なんだよね〜」
「そっか……」
　よく考えたら、校内一の不良グループの中でもトップにいる黒川くんと愛葉くんが行事に参加するなんて。
　今までなら考えられなかったことなわけで。
　ふたりのクラスメイトもきっとすごく戸惑っているんだろうな。
　黒川くんの執事姿、楽しみにしてるんだけどな。

「キス」
「……っ!?」
　家までの帰り道、隣を歩いていた黒川くんがいきなり呟いたのでびっくりして顔を上げる。
　『キス』って言葉に過剰反応してしまった自分に恥ずかしくなる。
「いきなりしちゃってごめんね」
「え……あ……ううん」
　今日のキスを思い出して、また顔がカァッと熱くなる。
「……いやだった？」
　黒川くんが、少し不安気な顔をして私の顔をのぞき込む。
「ううんっ。ちょっとびっくりしたけど……でも……」

「うん」
「……うれしかった」
「姫野さんにそんな不用心だと危ないよって自覚してもらうためにしたキスだったのに」
「……えっ？」
「うれしかったなんて言ったらダメだよ」

　黒川くんは、くるっと私の方を向くと、私の頬を両手で包み込んで、首を少し傾けてキスをした。
　あまりに一瞬のことで、身体が固まる。
　かすかな柔軟剤のやわらかい香りが、派手な銀髪ヘアの彼には似合わなくて。でも、私の知っている黒川くんは、このやわらかい香りがよく似合う人で。
　黒川くんの少し冷えた手が、熱くなる私の顔を優しく冷やす。
　心臓がバクバクと音を鳴らす。
　離れたと思った唇は再び塞がれて。
　さっきのキスとは違って、今度は長いキス。
　黒川くんはなかなか離れてくれない。
「……っん」
　呼吸の仕方がわからなくなり、息を止めていたら苦しくなってしまい、唇を離してと伝えようと黒川くんの腕をトントントンと叩くと、唇が名残惜しそうに離れた。
「はぁ……黒川くん……あの、息がちょっと……」
　息を整えながらそう伝える。
「息止めてるとか……可愛すぎ」

「えっ……ちょっ……っ!」
　黒川くんはニコッと笑うと、またすぐに私の唇を奪った。
　もちろん、私はキスなんて今日が初めてで。
　今日だけでもう3回目だけど、どうしていいのか何もわからなくて。
　でも。
　恥ずかしいはずなのに。
　黒川くんが私のことを見ていてくれると思うと、すごくうれしくて。このまま離れないでほしいなんて。
　私は、黒川くんの袖をギュッと握りしめながら、甘いキスを受け止めた。

「あぁ、恥ずかしい……」
　家に帰って、自分のベッドに制服のままダイブして、思わず声をもらす。
　あんなこと……もちろんしたことないから。
　あのあと、恥ずかしすぎて黒川くんの顔を一度もちゃんと見ることもできないまま、家に帰ってきた。
　まさか……。
　校内一の不良といわれる黒川くんと自分が、お付き合いすることになって、キスするなんて。
　誰が想像しただろう。
　でも……。
　あんなに密着していたのに。
　あんなに一緒にいたのに。

もう会いたいなんて思ってて。
　　声が聞きたいななんて。
　　今の今まで一緒にいたのに。
　　バカだな私。
　　――♪～♪～♪～♪
　　突然、携帯が鳴り、画面を見る。
「黒川くんっ！」
　　声が聞きたいと、今思っていたばかりで。
　　テレパシーが通じたみたい。
　　ちょっとうれしくなって、私は慌てて通話のマークを押す。
「……もしもし」
『あ、姫野さん？』
　　いつもの声とちょっと違う電話の声にまたキュンとして。
「どうしたの？」
『……いや、今、別れたばっかなんだけどさぁ……声を聞きたいなって』
　　そんなことを言われて。
　　私の"好き"が積もっていく。

　　――待ちに待った学園祭当日。
「よーし！　女子はみんな隣の教室で着替えてくるよー！」
　　水田さんが気合十分にそう言うと、クラスの女子達はみんな自分の衣装を持って空き教室へと向かう。

動物系の可愛いものから、男装系のカッコいいものまで、みんながどんどん変身していく。
　すごいなぁ。
　着替えてる女の子はみんな表情がキラキラしてて素敵。
　みんな、可愛いなぁ。
「姫野さん！　メイクもするから早く着替えて！」
「あ、は、はい」
　水田さんにそう言われ、慌てて私も着替え始める。
　こんなキラキラした世界に、私も仲間入りできている。
　それがすごくうれしくて胸がいっぱいだ。
「じゃあ、着替えた子達から順番にメイクね！」
　クラス一おしゃれな花村さんはそう言いながら、カバンの中から大きなメイクポーチを取り出した。
　……可愛い。
　メイクしてどんどん可愛くなっていく女の子達を見て、そう思う。
　メイクして可愛くなっているのもそうだけど、きっと、今この瞬間を目いっぱい楽しんでる笑顔が、最高のメイクになっているんだ。
「姫野さんでラストだね！」
　花村さんがふたつ結びの髪を揺らしながらそう言う。
「あ、はい」
　私は、花村さんが持ってきた折りたたみ式の鏡が置かれた席に腰を下ろす。
「銀髪ヤンキーの彼氏が腰を抜かすくらい可愛くしてあげ

る」
　花村さんはそう言ってキランと右目でウインクをした。
　見たことはあるけど使ったことはない、いろんな化粧道具を使って花村さんは私の顔にメイクをしていく。
「……嘘」
「全然違うよね〜」
　思わず出てしまった私のひと言を受けて、花村さんも感想を言う。
「まぁ、姫野さんはもともと可愛いからする必要ないかもしれないけど……。それでもたまに違う自分になれたり、新しい自分を見つけたりできるから、メイクって楽しいよ。少し前は、女の子っていろいろお金かかって嫌だなー、なんて思ってたんだけどさ。今は女の子って最高って思うの」
　そう話す花村さんはすごく生き生きしてて。
　いろんなことを最大限(さいだいげん)に楽しんでるのがよくわかる。
　私も……もう少し、自分をさらけ出せるようになりたい。
　なんて。
　花村さんはあっという間に私の顔を別人のように可愛く完成させると、最後に目の下に星の形でキラキラしたとても小さなシールをふたつ貼りつけた。
「姫野さん可愛いー!!」
「やっぱりもとがいいと違うわ〜」
　メイクを終えると、先に終わらせて写真を取り合っていた女の子達が、私に駆け寄ってきた。
　そう言うみんなも、うっすら見えるピンクのチークがま

た女の子らしさを際立たせていていつもに増して可愛い。
「このカチューシャもいいね〜♪」
　水田さんが私の頭に載った、黒のリボンがついたカチューシャを触る。
「あ、ありがとう……ございます」
　カチューシャなんて、ちょっと恥ずかしいけど。
　でも、今日は思い切り楽しめる気がする。
　準備が整った私達は、急いで空き教室の扉を開けて、教室へ向かった。
　——ガラッ。
　水田さんが教室の扉を開けると、そこにはいろんな格好をした男子達が内装の最終点検をしていた。
「おぉ！　めっちゃいいじゃん女子！」
「男子こそ、ご苦労様。似合ってんじゃん」
　警察官のコスプレをした塚本くんとチェシャ猫コスプレの水田さんが話している。
「よく考えたら、この格好でクレープ売るのすげぇ違和感」
「いいのよ〜。あそこのグループなんて全員、戦隊モノで顔見えてないし」
　そう言って水田さんが指差した先にいた男子グループは、本当に顔までスッポリと仮面をかぶった戦隊モノで、思わず吹き出してしまいそうなのを堪える。
「……って言うか……姫野さんやばいね」
「あれを天使っていうんだよな」
「クレープじゃなくて姫をお持ち帰りしてぇ」

「男子は姫野さんを他校の男子から守るのが仕事だからそこらへん忘れないように」
　水田さんはチェシャ猫コスプレのせいで、いつもの学級委員らしい説得力が半減してしまっているけど……。
「よーし！　絶対成功させるぞー!!」
　チェシャ猫水田さんのそのひと声で、全員が拳を上にあげ「おぉー!!」と叫んだ。

　コスプレカフェを開いてから２時間近く。
　売り上げはすごく順調で。
　クラスのみんなもすごく盛り上がっている。
「ねぇ、姫野さん」
　隣で生地を焼く水田さんが小声で話しかけてくる。
「休憩の時、一緒に黒川くんのクラス行ってみる？」
「えっ……でも……水田さん」
　水田さんは、黒川くんのような不良を軽蔑していると思っていたから、意外なセリフが飛び出してびっくりしてしまう。
「だって……姫野さん、黒川くんが教室に来た時だけ、毎回見たことないような可愛い顔するんだもん」
「えっ？」
　自分では全然わからなかった。
　そんなに私……よろこんだ顔しちゃってるのかな。
　恥ずかしいっ……。
「そのメイクもさ、花村さんが言ってみたいに、黒川く

んに見せつけてやろうよ」
「……っ……う、うんっ」
　照れるけど、ちょっとワクワクする。
　こんな気持ちは今までにないくらい初めてで。
　私は深くうなずいた。
「沙良っ‼」
　突然、私を下の名前で呼ぶ声がしたので、目線を教室の扉に向けると、そこには私と同じ栗色ヘアの見慣れた顔が大きな目を見開いてこちらを見ていた。
「お兄ちゃんっ⁉」
　思わず大きな声でそう言うと、パタパタと忙しく働いていたクラスメイトがピタッと動きを止めてこちらを見た。
「え、姫野さんのお兄さん⁉」
　水田さんが慌てて聞いてくる。
「は、はい」
「やっぱり……びっくりするくらいイケメンだね。ほら、お客さんめっちゃついてきちゃったよ」
　水田さんの言うように、お兄ちゃんのうしろには彼を追っかけてきたであろう女子がたくさんいる。
　あ……大変だ。
「それにお兄さん、女の子がついてきてることにまったく気づいてないみたいだし……兄妹そろって、無自覚なのね」
　水田さんは少し呆れた顔をしながらそう言った。
「沙良っ‼　なんて格好してんだ！」
「ちょっとお兄ちゃん、大声出さないでよ……」

恥ずかしい。
　　　お兄ちゃんは外でもはばかりなく妹の私への溺愛をオープンにしてしまう。
「こんな可愛い格好！　お兄ちゃんが買ってあげても家では絶対にしないじゃないか！」
「ちょっ……静かに……」
「外でこんな格好してたら危ない！　早くジャージに着替えて！　制服のスカートでも嫌なのに……」
　　　もう……病的だよ……。
「なんか……お兄さんって、変わってるね」
「私が言うのもアレですが……なんと言うか、極度のシスコンでして……」
　　　水田さんに小声で聞かれて、そう返す。
　　　水田さんは、「あぁ、なるほど」と案外すぐに理解してくれた。
「お兄ちゃん、ほかのお客さんもいるからさ……人前でこういうこと言うのやめてよ」
「やめない。絶対やめないっ！」
　　　もう……。
　　　本当にめんどくさい人だ。
　　　仕方ないけど。
　　　最終手段を使うしかない。
「すみません。イチゴクレープひとつとココアをお願いします」
　　　私は、クラスメイトにそう頼んでから、お兄ちゃんを席

へと案内する。
「ほら、あの男達もずっと沙良のこと見てる」
　お兄ちゃんはお客さんで来ている男の子達をキッとにらんでいる。
「もう……見てないって。お兄ちゃんの単なる思い込みだよ……」
「やっぱり、共学はやめたほうがよかったんじゃない？」
　もう呆れて言葉が出てこない。
「彼氏とか……いないだろうな」
　っ!?
　お兄ちゃんの"女の勘"いや、"男の勘"みたいなのはびっくりするくらい鋭くて、私は慌てて目をそらす。
　こんな人に黒川くんのことがバレてしまったら、それこそ修羅場になってしまう。
「お待たせしました～。イチゴクレープとココアです」
　水田さんが、注文したものを持ってきてくれた。
　よし。
　これで大丈夫だ。
「ほら、お兄ちゃんこれ食べて。たぶん人混みの中かきわけて来たから、疲れてちょっとイライラしてるんだと思うよ」
「あぁ……いただきます」
　お兄ちゃんはそう言って、パクっとクレープを口に運んだ。
「うまぁ～～♡」

よし。
　クレープを口に入れたお兄ちゃんはさっきとは別人みたいに、ほにゃ～っと幸せそうな顔をした。
「お母さんとお父さんにも食べさせたいからお持ち帰りでふたつ、お兄ちゃん持っていってくれる？」
「はぁ～～い！　わっかりましたぁー！」
　超ご機嫌のお兄ちゃん。
「さっきとは別人みたいになったけど……お兄さん大丈夫？」
　水田さんが隣に来てそう聞く。
「大丈夫です。甘いものを食べると、お兄ちゃんは酔っ払ったみたいにご機嫌になるの。その時だけは私の言うこともよく聞いてくれるし……」
　そう。
　お兄ちゃんはお酒はすごく強いのに、甘いものには本当に"弱い"。
　ちょっと食べただけで、機嫌がよくなるんだ。
　こういう場合、弱いって言い方が合っているのかよくわからないけど……。
　それでも、今回はギリギリでしのげたからよかった。
　でも、黒川くんのことがお兄ちゃんにバレるのも時間の問題だろう。
　でも、今回は大人しく、帰ってもらおう。
「お兄ちゃん、ひとりで帰れる？」
「大丈夫――！」

終始ニコニコしたまま、お土産のクレープの入った袋を手に持って立ち上がったお兄ちゃんは、元気よく返事をする。
　本当に大丈夫かな？
　一応、あとでお母さんにメールしておこう。
「じゃあ、気をつけてね？」
「はぁーい！　バッイバーイ！」
　酔っ払ったようにヒヒッと笑いながら人混みを歩いていくお兄ちゃんの背中を見つめる。
　きっと、私のこと、すごく心配して来てくれたんだろうな。
　黒川くんとケンカした時、相談したのはお兄ちゃんだったから。
　ありがとうお兄ちゃん。
　今日だけはごめんなさい。
「あれ？　もう紙コップ足りないかも！　あと紙皿も！」
「あ、私……取りにいってきます！」
　クラスメイトの声が聞こえて、そう返事する。
「ありがとう姫野さん〜、ごめんね〜！　戻ってきたら休憩入って大丈夫だから！」
「はいっ」
　教室を飛び出して、渡り廊下をはさんだ隣の棟にある空き教室へと向かう。
　たしかあの教室に、先生達が用意してくれた消耗品があったはず。

それにしても、たくさんの人混みを、アリスの格好で歩くのはどうも恥ずかしい。
　教室の中で着るぶんにはだいぶ慣れたけど。
　1歩教室の外に出ちゃうと……ねぇ。
　早く取りに行こう。
　私は少し早歩きで空き教室に向かった。

　やっと着いた……。
　普段ならすぐに着いちゃうはずの教室が、今日はすごく遠く感じて。
「はぁ……疲れた……」
　私は少し息を整えてから教室のドアに手をかけた。
　——ガシッ。
　へ？
　——ガラッ。
　突然、誰かに手を掴まれたと思ったら、そのまま教室の中に強引に押し込まれ、気づけば私は尻もちをついたまま見知らぬ男子3名に取り囲まれていた。
「この子だろ～？　姫野沙良ってのは」
　お兄ちゃんと同じくらいか、もう少し年上に見える男達は、私を見て何やらニヤニヤしはじめた。
　何……これ……。
　なんでこの人達……私の名前を……。
　よくわからないけど、なんだか危ない予感がする。
「あの、……私、教室に帰らないといけなくて……」

声を震わせながら、そう言うと、ひとりがうしろに回り込み、私の両手を掴んだ。
「イタッ」
「なぁ……痛いよなぁ。動くとよけいに痛いから大人しくしてた方がいいよ〜」
「ひっ!?」
逃げなきゃ。
私はそう思って身体をクネクネと動かすけど、両手を掴まれているので、身動きがまったく取れない。
どうしよう……。
「沙良ちゃんさぁ、すげぇ可愛い格好してるね？」
正面にしゃがみ込んだ男の人が、ニヤニヤしながら私の身体を上から下までなめ回すように見る。
「俺達を誘ってんだろ？」
うしろにいる男の人が私の耳もとで低い声でそう呟いた。
背筋が凍る。
……怖い……。
「……離し……て」
泣きそうになるのを必死に堪えながらそう言う。
「せっかく捕まえた獲物、そう簡単に離すわけないじゃん。ちゃんと隅々までおいしくいただいてから解放してやるよ」
もうひとりの男の人が、入ってきたドアの鍵をガチャッと閉めると、ポケットからスマホを取り出して、私の方に

向けた。
　撮影……されて……る?
「黒川南夏の彼女を襲った証拠映像♪」
「ちゃんと撮っとけよ」
　なんで……黒川くんの名前が出てくるの……?
「沙良ちゃんさぁ、ちゃんと覚悟してあいつの彼女になったんだよね?　だったら、言うこと聞いてねぇ」
　男は私の足を手で強く固定したまま、顔を近づけてきた。
　……嘘。……やだよ。
　怖さのあまりとうとう声も出なくなって、涙がこぼれ落ちてしまう。
「泣くなよ、よけいそそるじゃん」
　男はそう言って、私の首筋に顔をうずめた。
　嫌だ。触られているところ全部が気持ち悪い。
　黒川くんっ……。助けて……。
　——ガチャ。
　男の人が、首筋から顔を離し、とうとう私の口もとに唇を近づけた瞬間、鍵が閉まってたはずのドアが開いた。
「その手、さっさと離せよ」
　そこには、今一番会いたかった。
　今一番聞きたかった声の。
　彼がいた。
「……黒川南夏」
「今すぐ姫野さんの前から消えないと……」
　黒川くんは今まで見たことないような、軽蔑した目で彼

らを見下ろすと、男の人に1歩近づいた。
「おいっ、か、帰るぞ！」
　男達は、慌てて私から手を離すとあっという間に教室から姿を消した。
「……黒川くん、ありが……」
　——ギュッ。
　黒川くんは、すごく強く私を抱きしめた。
「ごめん。本当にごめん」
「黒川くんは何も悪くないよ」
「いや……俺がまいた種だから……本当にごめん」
「大丈夫だよ。黒川くん来てくれたし」
　さっきは本当に怖かったんだけれど、思ってたよりも、平気な自分がいて。
　黒川くんの顔を見ただけで、嘘みたいに全身の力が抜けてホッとした。
　強くなったみたい、私。
　でも、それはきっと今、こうやって抱きしめてくれる黒川くんのおかげで。
「なんで……私がここにいるってわかったの？」
「姫野さんのクラスに行ったら姫野さんがいなくて、クラスの奴が紙コップを取りにいったまま、まだ帰ってないって教えてくれて……そしたら、教えてもらったこの教室の鍵が閉まってたから」
「鍵は……？」
「一応、屋上だけじゃなくてこの校舎の空き教室の合鍵も

全部持ってるから」
「は、はぁ……」
　相変わらず、校長の息子ってだけですごい待遇だなと思う。
「あの人達って……」
「たぶん、前にボコった３年の奴の兄貴だと思う」
「は……はぁ……」
「ごめん姫野さん」
　黒川くんはまたそう言って、ギュッと私を抱きしめてくれる。
「だからもう大丈夫だって」
「俺、本当にクズ」
「そんなこと言わないでよ」
　まるで黒川くんの方が襲われかけたみたいに、ショックを受けている。
「ごめん……ごめん……」
「黒川くんが彼氏でよかったって。私の好きな人が黒川くんでよかったって、改めて思えたよ」
「ううん。姫野さんが思ってるほど、俺はそんないい奴じゃない。もっと汚くて。俺は昔からクズなんだよ……」
「私の好きな人のこと……そんな風に……言わないでくれる……？」
　私がそう言うと、黒川くんは抱きしめていた手を離して、驚いた顔をして私をマジマジと見た。

【side 南夏】

「私の好きな人のこと……そんな風に……言わないでくれる……？」

姫野さんは、子犬のような上目遣いで瞳を潤ませてそう言った。

俺は息をのんだ。

無自覚というのは、こんなにも恐ろしいものなのかと。

彼女と出会ってから、すごく実感した。

栗色のフワフワしたミディアムヘア。

透き通るような白い肌に華奢な肩や腕。

大きなぱっちり二重に髪と同じ色をした栗色の瞳。

そして、通った鼻筋に、今すぐ奪いたくなるような品格と色気の両方を兼ね備えた唇。

誰だって、一目見ただけで虜になる。

それが、俺の彼女、姫野沙良だ。

正直、自分がここまで彼女に惚れるなんて思ってもみなかった。

でも、さっきのように彼女はすぐに男を狂わせるような発言をする。

「姫野さん。俺、今回のことすげぇ反省してるけど。そんなこと言われるといろいろぶっ飛ぶんだけど……」

正直な気持ちを直球で。

そうでもしないと彼女には伝わらないし、結局、彼女にいつも惑わされてしまう。

男としてリードして、こっちのものにしたい。

「ぶっ飛ぶ……？」
　姫野さんは、俺が言ったことの意味がわからなくて、キョトンとしている。
　だいたい、なんなんだこの格好。
　こんな可愛い格好されてちゃ、理性を保てる男の方が少ないに決まってる。
　それに……。
　プルッとした唇と、血色のいい頬はなんだかいつもの姫野さんではない。
「化粧してんの？」
「あ、うん。クラスの子がね……」
「ふーん」
　最近、クラスの連中とよく絡んでるらしい姫野さんに、ちょっとだけまたムカついてしまう。
　俺だけでいいのに。
　姫野さんと一緒にいるのは。
　なんて。
　可愛い顔は全部独り占めにしたい。
「姫野さん……すげぇいい匂い」
　彼女の匂いは、あの日からずっと変わってなくて。
　そのまま眠りに落ちてしまいそうな。
　すごく心地いい匂いで。
「黒川くんも……いい匂いだよ」
　またそんなことを言って、俺の背中に手を回したりして。
　そんな言動、一体どこで覚えたんだよ。

「キスしていい？」
　彼女のまっ赤になる顔が見たくて、わざとそう言うと。
「う……うん……」
　俺の期待以上の顔をしている。
　まったく。
　ずるすぎる。
「俺だけの姫野さんだから」
　俺は姫野さんの耳もとでそう呟くと、彼女の唇をそっと奪った。

【side 沙良】
　またキュンとしてしまうセリフを言いながら私の唇を奪った黒川くん。
　彼といると、心臓がおかしくなってしまう。
　私の寿命……かなり縮んだんじゃないかって本気でそう思う。
　って言うか……。
　さっきから、黒川くんの格好が気になってしょうがない。
　目の前の黒川くんは、いつもの銀髪ヘアの前髪がかきあげられていて、おでこが出ている。
　そして、なんと言っても……執事の衣装。
　正直、様になりすぎている。
　不良なのに……どうしてこう、紳士的な服も似合っちゃうのよ……。愛葉くんの話によると、黒川くんは着たくなさそうってことだったのに。
「黒川くん……その格好……」
「姫を助けにきました」
「……っ！」
　自分の胸に手を添えてそう言う黒川くんは、まるで本物の執事。
　姫って……。
　さらっとなんてことを……。
　私は恥ずかしくなって目をそらす。
　私だって、思ってる。
　黒川くんが、私だけの黒川くんならいいのに。

「……黒川くん……好きだよ」
　私はそう言って、執事の格好をした黒川くんの手をギュッと握りしめた。
　空き教室を出て一度黒川くんと別れてから、休憩に入って、水田さんと一緒に黒川くん達のクラスに向かう。
「姫野さん、さっき帰ってくるのずいぶん遅かったね。大丈夫だった？」
「え、あ、うん」
　見知らぬ男達に襲われかけて、それを銀髪の不良彼氏に助けられて、そのあとふたりでイチャイチャしてました。
　なんて言えるわけない。
　それに、さっきまで黒川くんと一緒にいたのに、もう会いにいくなんて変な気分だ。
「……姫野さん」
「あっ！」
　黒川くん達の教室の扉の前に着いた時、すぐに黒川くんが気づいてくれた。
「あ、来ちゃった……」
　私はそう言って、軽く手を振る。
「黒川くん、結構似合ってるね。人のこと簡単に殴る人間じゃなければ、絶対女子からモテるはずなのに」
「あ、うん」
　小声で言う水田さんのセリフを素直に受け止めることができない。
　黒川くんがみんなから好かれてなくてよかったって思っ

てる自分がいるから。
　なんて狭い心なんだ、私。
　きっと、黒川くんが女の子達からキャーキャー騒がれる王子様のような人だったら、私はきっと、黒川くんの彼女として横を歩くなんて一生できなかったと思う。
　こんなことを考えるなんて。
　……最低だな……私。
「姫野さん、こっち来て」
「へっ……?」
　黒川くんは、「お帰りなさいませ、お嬢様」と私達を出迎えて席まで案内してくれようとした男子生徒を押しのけて、私の腕を掴んだ。
「あ、あの、水田さんもっ」
「えっ!?」
　私は隣でなりゆきを黙って見ていた水田さんの腕を引っ張る。
「見て、姫野さん専用の特等席だよ」
　おそらく、クラスで決めた接客のルールをまったく無視している黒川くんは、爽やかな笑顔でそう言った。
　黒川くんが私達を連れてきたのは、教室の少し広めのベランダで、そこにはプラスチックの白いテーブルと椅子がセットされていた。
「これって……」
「俺のアイディアなんだよ！　いい席でしょ？　人目も気にならないし、空気が気持ちいいし」

いつの間にか近づいてきた愛葉くんが執事姿でそう言う。
　また……愛葉くんも執事姿がよく似合ってること……。
　って……そうじゃなくて。
「クラスのみんなは、こんなこと了解してるの？」
　水田さんが不安そうな顔をしながらそう言う。
「うん、なーんにも言わないよ」
「………」
　当たり前じゃない。
　黒川くんや愛葉くんの言うことに異議を申し立てたりしたら、それはみんなにとって大げさに言えば"死"を意味するんだから……。
「大丈夫だよ。校長にはちゃんと許可を取ってるし」
　黒川くんがそう付けくわえる。
「……うん」
　校長先生が許してるなら、まぁいいけど。
　ちゃんとクラスのルールも守らなくちゃ……。
「それで姫野ちゃん、この猫ちゃんは誰？」
　愛葉くんが私の横に立ってるチェシャ猫水田さんを見て、そう聞いた。
「あ、同じクラスの水田美蘭さん。よく私のことを気遣ってくれて……水田さんのおかげで、クラスに少しずつ溶け込めるようになってるの」
　私がそう水田さんのことを紹介すると、彼女は目を見開いてちょっと驚いた顔をしていた。

どうしたんだろう……。
「私……なんか変なこと言ったかな？」
「あ、いや……」
　水田さんは人差し指でこめかみをかきながら口を開いた。
「私の下の名前、姫野さんが知ってるなんて……なんだかうれしくて……ありがとうっ」
　水田さんが……照れてる……。
　照れ笑いする水田さんに、思わず胸がキュンとする。
「ふーん。ねぇ、水田さん」
　黒川くんは少し目を細めると、ふてくされた顔で水田さんを呼ぶ。
「な、なに……」
　成績優秀な学級委員の水田さんでも、少し声が小さくなってしまう黒川くんの威圧感たらハンパない。
「……黒川くん、そんな顔で……っ！」
　黒川くんは私の腕をグイッと引っ張ると、自分の腕の中に私をすぽっとおさめた。
「言っておくけれど、姫野さんは俺のだから、絶対に取らないでよ」
「えっ!?」
　目の前の水田さんは黒川くんにうしろから包まれた私を見て、なぜだか少し頬を赤くしている。
　見てる人でさえ、こうなっちゃうんだもん。
　私なんて、もうリンゴ状態だよ。

「黒川くん、離して」
「やだ」
　黒川くんはそう言って、抱きしめる力を少し強くした。
　離してなんて言いながら、正直、本当は。
　まだこのままがいいなんて思ってる自分がいて。
　言っていることと、思っていることがバラバラだ。
「……黒川くん」
「んー、姫野さんの匂い」
　黒川くんは私の声を無視して、うしろから私の首筋に顔をうずめる。
「ちょっ、黒川くん……くすぐったい」
「うん」
「……うん……じゃないよ」
「うん」
「もう……」
「ちょっとそこのおふたりさーん？　俺達のこと忘れてなーい？」
　愛葉くんの声がして、ふと目線をテーブルの方に向けると、さっきまで正面に立っていたはずの水田さんが、愛葉くんの隣の席に座っていた。
「あ、水田さんごめんなさいっ」
　黒川くんがやっと抱きしめる腕の力を弱めてくれたので、フワッと身体が解放され、私は水田さんにそう謝る。
「いいよ、気にしないで。もういいの？　イチャイチャは」
「う……うん」

黒川くんに抱きしめられてるさっきの自分の姿を思い出して、また恥ずかしさが込みあげてくる。
　私ったら、人前でなんてことを……。
「フフッ、少し安心した。姫野さん、黒川くんに脅されて付き合ってたらどうしようって、実はちょっと心配だったから」
「へっ!?」
　相手がみんなから恐れられている黒川くんでも、ハッキリそう言う水田さんは、やっぱりしっかり学級委員で。
「でも、そんなにデレデレした顔した姫野さん見たら……ねぇ……」
　え……もしかして。
　水田さんちょっと引いてる!?
　デレデレって……私、そんなにうれしそうな顔してたのかな……。
「俺達が思ってるより、ふたりは両想いだよ」
　愛葉くんがそう付けたした。
　そのセリフに、またドキンと胸が鳴る。
『両想い』
　第三者からそう見えるって。
　なんだかうれしい。
　黒川くん達が頼んでくれたクッキーとカフェオレが、執事姿の男子学生によってテーブルに運ばれてくる。
　執事さんは、少し緊張してるみたいだ。
　黒川くん達も、少しは働けばいいのに……。

まぁ、クラスの子達からしたら、ありがた迷惑だったりするのかも。
「美蘭ちゃんは？　彼氏いないの？」
　クッキーをひとつ手にとって、愛葉くんが水田さんにそう聞く。
「……っ!?」
　いきなり下の名前で呼ぶ愛葉くんに、水田さんは少し驚いている。
「い、いないけど……」
「へぇ〜いないんだ〜、なんで〜？」
「なんでって……理由がわかってたらとっくにって言うか、下の名前で呼ぶのやめて」
「え〜なんで〜？」
　愛葉くんはさっきから『なんで〜？』しか言ってない。
「名前……あんまり好きじゃないから」
「え、どうして？　とっても可愛いのに……」
　思わず横から口を出してしまう。
「だから嫌なの。私には似合わない」
　似合わない!?
　サラサラの黒髪ロングとクールな顔立ちにぴったりの名前だと思うけど……。
「って言うか……なんで突然名前で……」
　水田さんが愛葉くんにそう聞く。
「ん？　響きが気に入ったから」
　サラッとそう言う愛葉くんに水田さんがまた少し顔を赤

くする。
　なんか……このふたり……。
　気のせいかわからないけれど。
　いい雰囲気な気がする。
　──ガシッ。
　黒川くんがうしろから私の手を掴む。
「俺と姫野さん、用事があるから。ふたりともごゆっくり」
「えっ!?」
　私と水田さんが驚いているのをよそに、黒川くんは平然とした顔で私の手を離さない。
「えっと……」
「行くよ、姫野さん」
「あっ……ご、ごめんなさいっ、水田さんっ」
　私の手を引っ張ってドンドン進んでいく黒川くんに抵抗(ていこう)するヒマもなくて、気づけば私は、黒川くんと教室の外に出ていた。
「……黒川くん、水田さんがひとりで」
「音楽がいるから大丈夫」
「でも……私のわがままで来たのに、置いていっちゃうなんて……」
「さすがの鈍感姫野さんでも、ふたりを見てわかったでしょ。俺達はおジャマだって」
「それは」
　なんだかいい雰囲気だった。
　そんな風に思ったのは本当だけど。

でも……。
「こんなこと、あんまり言いたくないけど、安心して。音楽ああ見えても結構ちゃんとした奴だから」
　『あんまり言いたくない』はちょっとよけいじゃない？
　そんなことを心の中で思いながら、私は黒川くんの言葉に納得して、たくさんの人が歩く廊下を、手をつないで進んだ。

「あー、やっと静かなところに来られた」
　黒川くんは、屋上に出ると特等席に腰を下ろしてそう言った。
「姫野さん、俺達もやっとふたりきりだね」
　黒川くんは、入り口でボーッと突っ立ってる私の方を振り返った。
　改めてそうまっすぐ言われると、恥ずかしい。
　私は、当然のように黒川くんの隣に腰を下ろす。
「姫野さん。今日のようなことがあったから反省して聞くけど……」
　黒川くんは、私をまっすぐ見つめてそう話し出す。
「今日みたいに、俺のせいで姫野さんが怖い思いすることがあるかもしれない。何かあったらすぐに駆けつけるけれど……それでも、俺の隣にいてくれる？」
　黒川くんの顔を見るたんびにドキドキして。
　今だって全然落ち着かない、私の心臓。
　心がこんなに好きだって言っている。

答えは決まってる。
「……ずっといるよ」
　私は黒川くんの手をぎゅっと握る。
　もう離したくないから。
　気づけばこんなに欲張りになっていて。
　こんなに好きになっていて。
　恥ずかしさよりも伝えたい気持ちの方が大きくなって。
　私は、今、見たことのない自分に出会っている。
「……ありがとう」
　黒川くんはそう言って、私を引き寄せて抱きしめた。
　何度目のハグだろうか。
　でも今度は今までみたいにギュッとじゃなくて。
　まるで包み込むように、すごく優しく。
　そして、私の頭を何度も撫でる。
「お礼を言うのはこっちだよ。ずっと黒川くんに助けられている」
　クラスのみんなと打ち解けられるようになったのも。
　風邪を引いて倒れた時に保健室に運んでくれたのも。
「いや俺が先。……孤独で寂しかった時、助けてくれたのは、姫野さんだったよ」
「……え？」
「食べたいくらい好き」
「え……っん！」
　黒川くんは私と目をバチッと合わせてそう言うと、ニコッと笑ってから、またキスをした。

ヤキモチ

　そして、いろいろあった学園祭もあっという間に最終日を迎えた。
「今日がラストです！　学年トップの売り上げを目指してがんばりましょう！」
　黒板の前で叫ぶ、チェシャ猫姿の水田さん。
　もう、水田さんのこのチェシャ猫姿も今日で見られなくなっちゃうのか……。
　なんて少し寂しい気持ちになる。
「姫野さんのアリス姿も見納めか〜」
　3日間、クラスのメイク担当をがんばってくれた花村さんが隣でそう言う。
「アリスはもうとうぶんいいかなと……」
　可愛すぎて恥ずかしいこの格好。
　でも、ほんの少し寂しいなんて思っちゃうのも事実で。
　みんなとこうして話せるようになれてよかった。
　心の底からそう思った。
　最終日の今日、私と水田さんは門から校舎までのアプローチでコスプレカフェの宣伝をする担当だ。
「水田さん、やっぱりこんな格好したまま外でやるのはさすがに……」
「何を言ってるの。最終日にはたくさんお客さん来るんだから、チャンスだよ！」

おぉ。
　びっくりするくらい気合い十分の水田さん。
「負けられないの。ほかのクラスの奴らには」
　そうか、学級委員として、いろいろと思うところがあるんだろうな。
「２年５組！　コスプレカフェでーす！　おいしいクレープとあったかい飲み物もありまーす！　ぜひ来てくださーい！」
　人がたくさん歩いている中、声を大にしてそう呼び込む水田さん。
　少し前の私だったら、絶対にここに立つことはなかったと思う。
　だけど。
　クラスのために、まだ何も恩返しできていないから。
「お、おいしいクレープありまーす！　ぜひ来てくださーい！」
　私は、勇気をふりしぼって、今までに出したことない大きな声で叫んだ。
「甘いクレープからおかず系のクレープまで！　味は５種類！　ぜひ来てくだ……」
　だんだん呼び込みにもなれてきた時、遠くに親しみのある背中が現れて思わずジッと見つめてしまう。
　あれ……黒川くんの背中だ。
　もう、何回見たか数えられないその愛おしい背中は、すぐにわかってしまう。

黒川くんもクラスのカフェを宣伝してるのかな？
「あれ、黒川くんだよね？」
　呼び込みをやめてボーッと黒川くんを見ていた私に、水田さんがそう聞く。
「あ、うん」
「近くまで行く？」
「え……でも……」
「その方が黒川くんもよろこぶよ」
　水田さんはそう言って私の手をとる。
「うんっ」
　そう返事して、彼のところへ向かおうとした時だった。
「南夏が執事の格好!? 何があったの！ やばいっ！ ちょっと一緒に写真撮っていい？」
　え？
　黒川くんの隣に女の子が見えた。
　その人は、バッチリメイクで茶髪ヘアをゆるく巻いている、とても大人っぽい子で。
　並んでいるふたりの姿を見て、ズキンと胸が痛くなる。
　誰なんだろう……。
「知り合い……かな？」
　水田さんも足を止めて、控えめにそう聞いてくる。
「わかんない……」
　私は表情をこわばらせたまま、そう答えるのが精いっぱいだった。
「南夏〜こっち向いてよ〜！」

「やだ」
「えーなんでー？　恥ずかしがらないでよー！　似合ってるよー？」
「うるせぇ……」
　黒川くんが、私以外の女の子と親しげに話している。
　それを見ただけで、一瞬で嫌なことしか想像できなくなってしまう。
　元カノ……？
　その言葉が頭をよぎる。
　黒川くんにそんな人がいたとしても当然のこと。
　カッコいいし、不良だけど本当はすごく優しい人だし。
「……姫野さん」
　水田さんが心配そうな顔をして私に声をかける。
「水田さん、教室戻ろう。宣伝用のチラシももうなくなったし」
　無理矢理に笑顔を作り、頬が引きつってるのが自分でもわかる。
　私は、黒川くんとその隣の女の子から隠れるように自分の教室にスタスタと戻った。
　黒川くんは私とは違う。
　もちろん元カノだっていたはずだし、きっと私の知らなかった過去にもそういう話があっただろうし。
　急に不安になる。
　学校では、恐れられててまったく女っ気のない黒川くんだったからちょっと油断(ゆだん)していた。

デートしたあの日だって。
　彼氏と来ているはずの女の子達でさえ、チラチラと黒川くんのことを見ていた。
　それなのに私は、それを見ないフリをして。
　傷つきたくないから。
　きちんと考えてもこなかったけど。
　でも……昔を知っている者同士の遠慮のない空気を感じちゃうと。
　怖くて聞けない。
『元カノで、実は今も忘れられないでいる』
　そんなことを言われたらどうしよう。
　立ちなおれる自信がないよ。
　ちょっと浮かれていた、私。
　愛葉くんに『両想い』なんて言われて。
　どれだけ好きでも。
　ふたりの好きが同じ大きさとは限らないもん。

　結局、最終日の学園祭は黒川くんとあの女の子のことで頭がいっぱいで、気持ちが沈んだまま片づけに入っていた。
「姫野さん、まだちゃんと誰なのか黒川くんに聞いてないわけだし……落ち込むのは早いんじゃない？」
　水田さんがそう話しかけてくれる。
「……うん。でも……あの感じ……どう考えても」
　初めて恋をして。
　初めて嫉妬というのを味わった。

「もし元カノだったとしても、黒川くん、今は姫野さんのことが一番好きだと思うよ」
「うん、ありがとう。水田さん」
　黒川くんの元カノの存在にも落ち込んじゃうけど。
　自分の器の小ささにもっと落ち込む。
　私……こんなに嫌な人間だったなんて。

『今日これからすぐ用事があるから一緒に帰れない。ホントごめん』
　帰りのHRの前、追いうちをかけるように黒川くんからそんなメッセージが届いた。
　すぐにあの女の子の顔が浮かぶ。
「よ——し！　打ち上げだ！　姫野さんも来るよね？」
　スマホ画面をジッと見て固まっていた私を見て、水田さんがそう言う。
「……えっ」
「売り上げ、学年だけじゃなくて校内で１位だったんだよ！　うちのクラス。アリス姫野さんのおかげだね〜♪」
「校内で１位!?　すごい……。私は何もしてないよ」
「もうさっきのHRで話したばかりだよ？　やっぱり、ボーッとしてて何も聞いてなかったんだね」
「……えっ」
　帰りのHRの間も黒川くんのメッセージのことで頭がいっぱいで……。聞いてなかった。重症だよ。
「今日くらい、黒川くんのこと忘れてさ、パーッと打ち上

げしようよ、ねっ」
　私の耳もとに口を近づけて小声で水田さんがささやく。
　水田さん……。
　私のこと気遣って……。
　黒川くんと謎の女の子を見てから、私の様子をずっと気にしてくれている。
　今日はそんな気遣いに甘えようかな。
「……うん、行くっ」
「おぉ！　そう来なくっちゃ！」
　水田さんはそう言って私の腕に自分の腕を絡ませた。
　友達……。
　水田さんのことをそう呼んでもいいのかな？
　完全に黒川くんのことが頭から離れることはないけれど。
　それでも。
　この嫌な気持ちを少しでも紛らわしたいから。
　私はクラスのみんなと、打ち上げ会場へ向かった。

「それで水田さん、やっぱり愛葉くんのことちょっといいなって思ったみたいで……って黒川くん……聞いてる？」
　翌日のお昼休み、いつものように黒川くんとご飯を食べながら、昨日の打ち上げの話をする。
　でも、黒川くんはスマホを見たままで私の作ったお弁当にも手をつけていない。
「あ、ごめん。姫野さん。それで音楽が何？」

……昨日の人と連絡取り合ってるのかな？
　黒川くんはスマホから顔を上げて首を傾げた。
「あ、ううん。なんでもない……」
　私がそう言うと、黒川くんは「そっか」と言ってまた手もとのスマホに目を落とした。
　どうして……。
　そばにいる私より……。
　あの子の方が……好きなの？
　そんなこと聞けない……。
　その日から、黒川くんのスマホを見る回数や学校に来なくなる回数がどんと増えた。
　黒川くん……。
　"浮気"。そんな言葉が頭によぎる。
　ううん。
　浮気相手は私の方だったりして。

「南夏が浮気？　それはないよ〜」
　1週間後の放課後。
　今日も黒川くんは学校に来なかった。
　たまたま生徒玄関でばったり会った愛葉くんに、思いきって黒川くんのことを相談する。
「でも……前から思っていたけど、黒川くんよく学校休んでどっかに出かけてるみたいだし……最近スマホばっかり見てるし、学園祭に来ていた女の子だって……」
「学園祭？」

「見ちゃったの。黒川くんと一緒にいた女の子。なんかすごく仲良さそうで……」
「あー！　なるほどね〜。南夏にちゃんと聞いてないの？」
「うん……怖くて、聞けない」
「そっか〜」
「愛葉くんは、黒川くんからあの女の子のこと聞いてるの？」
「んまぁ……聞いてるって言うか……なんて言うか……俺と南夏の共通の知り合いではあるかな」
　やっぱり……。
　元カノの可能性大である。
「私……もう振られちゃうのかな」
「えー？　アハハハッ。それはありえないよ。って言うか、姫野ちゃん、すっかり南夏に惚れちゃってんだね」
「えっ？」
「今の顔、南夏が見たらたまんないんだろうな」
「そんな……」
　愛葉くんのセリフに首を傾げる。
　今、すごく深刻な状況なのに。
　なんで、そんなことを言えるんだろうか。

　愛葉くんと別れてから、家に向かう。
　愛葉くんはああ言ってくれたけど。
　でもやっぱり、今の黒川くんのことを疑ってしまう。
　きっと、はたから見た私は、すごく嫉妬深くて重い女だっ

て思われちゃうんだろう。
　そうなんだけど。
　ひとりぼっちだった私の前に現れた黒川くん。
　そんな彼を好きになるのに時間はかからなくて。
　気づけばこんなに好きになっているけど。
　黒川くんがいつまでも私の彼氏でいてくれて、いつまでも私のことが好きだなんて。
　そんなのただの思い上がりだった。
　いつも失敗の仕方は同じなのに。
　いつまでたっても学ばない自分に嫌気がさす。
「……黒川くん」
　それでも大好きで。
　少し冷えた手で。
　強く抱きしめてほしいと。
　優しく触れてほしいと。
　温もりを忘れられなくて。
「く、黒川くんっ」
　黒川くんのことを考えていたら、私はとうとう、我慢ができなくなり、立ち止まって涙を流してしまった。
　——♪〜♪〜♪〜
　道端に立ち止まって泣いていると、突然スカートのポケットからスマホの鳴る音がした。
　私は制服の袖で涙をふきながら画面を見る。
『黒川くん』
　画面にはそう表示されていた。

……別れ話だったら。
　不安な時は、嫌なことばかり想像してしまう。
　私は、鳴り止まないメロディを、やっと通話のマークを押して止めた。
「もしも……し」
『姫野さん？　今どこにいるの？』
「えっ……もう少しで、家に着くところだけど」
　心臓が悪い意味でドキドキする。
　いつ切り出されるかと怖くてあちこちから汗が吹き出る。
『ちょっと南夏！　急に呼び出して何？』
『おい、静かにしてろよ』
　————————っ!?
　黒川くんの電話の向こうから、女の人の声が聞こえる。
　何……。
　今一緒にいるの？
　なんでそんな時に私に電話なんか……。
　もしかして……やっぱり……。
『あのさ、姫野さんにちゃんと伝えないといけないことがあって……』
「……やだよ」
『え、姫野さん？』
　あの言葉も温もりも。
　全部が嘘だったのかな。
『今からシエルに来られないかな？　ちゃんと……』

「……いやだよ」
　私は泣きながらそう言う。
『姫野さん泣いてるの!?』
「……もう……私のことは……いいよ……」
　好きじゃないならもう。
　優しくしないでよ。
『姫野さん？　姫野……』
　——ピッ。
　私は耳からスマホを離して、黒川くんからの電話を切った。
　こんなにあっけなく終わってしまうなら。
　初めから出会わなければよかった。
　あの時、観覧車で。
　黒川くんのことが好きなんて。
　言わなければよかった。
　こんなにツラいなら。
　こんなに嫌な自分になるくらいなら。
　恋なんて。
　しなければよかった。

涙のあと

　——ガシッ。

　黒川くんからの電話を切って、トボトボと家に向かって歩いていると、うしろから突然腕を掴まれた。

　嘘……。

「く……黒川くん!?」

　振り返って目を疑う。

「やっぱり、泣いてるじゃん」

　黒川くんははぁはぁと荒い息を整えながら、そう言った。

　なんで……。

　さっきまで違う女の子といたのに。

「もう私のこと好きじゃないのに……優しくしないでよっ」

「姫野さん……」

「黒川くん、あの子のことが好きなんでしょ？　……学園祭で再会して……それで連絡をまた取るようになって……それから……」

　涙をこぼしながらそう言う。

　もう嫌われてもいい。

　そんな覚悟で、黒川くんに想いをぶつける。

　数日間、まともに顔も見ていなかったから、こんな状況にもかかわらず、改めてやっぱりカッコいいなんて思っちゃって……。

「私ばっかり好きみたいで……もう嫌だよ」

私は、そう口にしていた。
「ごめん、姫野さん……俺」
「わかってるよ。言われなくてもわかってるから。だから言わないで……っ!」
　黒川くんは私の腕を掴んだまま、くるっと振り返って、走り出した。
「ちょっ、黒川くん!?」
「今の姫野さんには俺の言葉より、本人の言葉を聞く方がいいと思うからっ」
　黒川くんは走りながらそう言う。
　本人の言葉?
　黒川くんのセリフに疑問が残ったまま、私はただ走ることしかできなくて。
　それでも、黒川くんが握ってくれてる手が。
　やっぱりまだうれしくて。
　このまま離れないでほしいと何度も思った。

「はぁ……はぁ……」
　『cafe ciel』の前に着いてから、息を整える。
　前にもこんなことあったな。
　愛葉くんに無理矢理走らされて……。
　バイト服姿の黒川くんを見ることができて。
　なんて、思い出にひたっていると。
　黒川くんがカランとカフェのドアを開けて、私にも入るように手招きした。

お店に入ると、カウンターの方に学園祭の時に黒川くんと一緒にいた女の子が座っていて、彼女もこちらを見て驚いた顔をした。
「……あなたっ！」
　女の子が立ち上がり、私を指差して何かを話しはじめようとした瞬間。
「初めにしっかり訂正しておくと……」
　黒川くんは女の子の方を向いて話し出した。
「俺はこんなおしゃべりでガサツで自己中心的な奴のことを、一度も恋愛対象として見たことないし、もしこいつが俺のことをそう見ていたとしたら、こっちからお断りだ」
「はぁー!?　ちょっと南夏！　あんた、人のこと呼び出しておいて何言いたい放題言ってんのよ！」
「俺は、もうずっと前から。ずっとずっと……姫野さんのことしか好きじゃないよ……」
　黒川くんは私の方に視線を向け直してそう言う。
「……え」
「はぁ？　南夏、あんたなんなの？　わざわざ私を呼び出してイチャイチャ見せつけたかったわけ？」
　女の子はイライラしながら、腕を組んで私達のことを見ている。
　この子と黒川くん、付き合ってるわけじゃ……ないの？
「こいつの名前は大道寺楓。俺と音楽の幼なじみなんだ」
「お、幼なじみ？」
「そうよ。いい？　沙良、私だって南夏と付き合うなんて

ごめんだから！」
　初対面でいきなり私のことを名前で呼ぶ彼女は、ここら辺では見たことない制服を着て、スカートをかなり短くしている。
　スタイルがものすごくいいから、それがとっても絵になる。読者モデルみたいにカッコいい。
「おい、姫野さんのこといきなり名前で呼ぶなよ」
「いいじゃんべつに。ずっとこの日を待ってたんだから」
　え？
　この日を待ってた？
　そういえば……大道寺さん、私の名前言ってないのに、わかっていた。
　私のことを知っているの？
「音楽から連絡もらって。姫野さんが心配してるって。だから、急だったけど誤解を解こうと思って、来てもらったんだ」
　と黒川くんが私を見つめてそう言う。
　そうだったんだ。
　でも……。
　大道寺さんとの仲がなんでもないと言われても、ふたりがあんなに頻繁に連絡を取り合っていたり、学校を休んでまで会ってると思うとやっぱり……。
「まだちょっと疑ってるみたいだから言うけど、スマホを触ってたのは楓と連絡取っていたからじゃないし、楓とは学園祭の日から数えると、今日会ったので合わせて2回し

か会ってない」
「……嘘」
「本当だよ、なんで学校休んでまで南夏に会わないといけないわけ？　キモいって」
「それ、こっちのセリフ」
　うぅ……こっちが止めそうになるくらい、ふたりのにらみ合いや口ゲンカは怖い。
「本当はさ……ちゃんとしたところで祝(いわ)って渡したかったんだけどさ……」
　黒川くんは「今回は仕方ないか……」と言って、店の奥にいるけんさんを呼んだ。
　呼ばれたけんさんは、ニコニコしながら黒川くんに細長い黒い箱を渡す。
「姫野さん、12月が誕生日でしょ？」
「え、う、うん……」
「だから、その日くらいはおしゃれなところでご飯でも食べようかなと思って……それと……」
　黒川くんは、渡された黒い箱をパカッと開けると、中からすごくキラキラして綺麗なネックレスを取り出した。
「これって……」
「姫野さんへのちょっと早めのプレゼント」
「嘘……」
「なっちゃん、沙良ちゃんのためにネットでずっとどんなプレゼントがいいのか検索(けんさく)したり、お店を探して予約したりして、バイトも増やしてがんばってたのよ」

けんさんが微笑みながらそう言う。
　黒川くんは、こんなに私のためにいろいろしてくれていたのに。
　私は黒川くんのことを疑ってばかりで。
「そうだったんだ……」
　安心した気持ちと申し訳ない気持ちが一気に押し寄せてくる。
「ずっと不安な思いをさせてごめん。ただ……姫野さんをびっくりさせたくて」
　黒川くんはそう言うと、私のうしろに回ってネックレスをつけてくれる。
　これは……私の夢？
　現実逃避したいあまり、思わず見ちゃってる夢なのかな？
　あんなに不安で、黒川くんに振られるのがあんなに怖かったのに。
　黒川くんのひと言でさっきまであった不安がすべて溶けてなくなっていく。
「ちょっと……私に見せびらかすのはやめてくれる？」
　と大道寺さん。
　――ガチャ。
　黒川くんにネックレスをつけてもらって、口もとをゆるめていたら、突然お店の裏口が開いた。
「ただいま～、ほれ～みんなのぶんあるよ～、駅前のシュークリーム」

おしゃれな紙袋を持ってお店に入ってきたのは、学校の帰りに途中まで一緒だった愛葉くん。
「音楽はジャマだと思って買い物に行かせたの」
　とけんさん。
「ジャマって……俺が南夏に電話しなかったらこの状況はないんだからね！」
　と愛葉くんがドヤ顔でそう言う。
　でも……。
「愛葉くん、どうして私が大道寺さんのこと聞いた時に、幼なじみだってはっきり教えてくれなかったの？」
「はぁ？　何それ！　ちゃんと説明しなかったわけ？　音楽。あんたが説明してくれれば私はわざわざここに来なくてすんだのに……」
　大道寺さんがまたワナワナと怒り出す。
「俺が全部説明しちゃったら、楽しくないじゃーん」
　愛葉くんは呑気に紙袋からシュークリームを取り出し食べはじめた。
　楽しいって……。
　私は、黒川くんに振られちゃうんじゃないかって不安で不安でたまらなかったのに……。
「だって……どう考えてもありえないでしょ。南夏が姫野ちゃんを振って楓と付き合うなんて」
　ククッと笑う愛葉くん。
　まったく……。
　まぁ、被害妄想におちいった私も悪いけどさぁ。わかっ

てたなら説明してほしかったよ。
「ってことはアレだな、音楽は沙良がショック受けてるの見て楽しんでたってわけだ」
　大道寺さんは急にそう言い出すと、愛葉くんが手に持っていたシュークリームをヒョイッと取りあげた。
「相変わらず、楓は嫌な言い方するな〜。ちょっと、それ俺のシュークリーム！」
「レディファーストって言葉を知ってる？」
「楓のどこがレディなんだよ」
「はぁ？　なんか言った？」
「……べつになんでも」
「南夏！　この男はあんたの彼女が落ち込んでるの見て、心の中で笑ってたらしいよ？　一度本気でシメた方がいいね」
「それは俺も思ってた」
「えっ!?」
　さっきまでバチバチと火花を散らしていた黒川くんと大道寺さんが、今度はふたりでタッグを組むように愛葉くんをにらみつけた。
　なんか……大丈夫かな。
　３人とも……ケンカになっちゃうんじゃ……。
「沙良ちゃん、安心して。この３人、昔からこうだから。最終的には、音楽がふたりに袋叩きにされて終わり。ふたりのおかげで、音楽もずいぶん芯のある強い子になったわ。はい」

けんさんはそう楽しそうに話すと、紙袋からシュークリームをふたつ取り出してひとつ私にくれた。
「そうなんですか……」
　3人がワーワー言い合っているのを、けんさんとふたりでシュークリームを食べながら眺める。
「あ、あとね、沙良」
　言い合っていたはずの大道寺さんが、突然私の方を振り返った。
「な、なんでしょうか……」
「私が学園祭に行ったのは、南夏に会いたかったわけでも音楽に会いたかったわけでもないの」
「……え？」
　どういうこと？
　幼なじみの学園祭だから来たんじゃないの？
「せっかく高校で離れられたのに、わざわざこいつらに会いにいくこと自体おかしいし。南夏とはたまたま会えておかしな写真を撮れたからまぁいいけど。本当の目的はね、好きな人に会いにいったの」
　大道寺さんは頬を赤くしてそう言った。
「え……好きな人？」
　そう聞き返すと、大道寺さんは照れ臭そうに控えめにうなずいた。

「いやーそれにしても……ふたりは運命だよね、運命」
　大きなテーブル席に移って、黒川くん、愛葉くん、大道

寺さんと4人で残りのシュークリームを食べていると、大道寺さんがいきなりそう言いだした。
「なぁ、楓はなんで姫野ちゃんのこと知ってるの？ もしかして楓の学校にも姫野ちゃんのこと狙ってる人いるとか？」
　愛葉くんが鼻にクリームをつけたままそう言う。
　そう。それは私も気になっていたことだ。
　黒川くんも大道寺さんも、ふたりは私のことをずっと前から知ってるみたいで……。
「それはねぇ……私と南夏しかわからないある秘密のせいかな～。いずれわかるよ」
　秘密のこと？　いずれわかる？
「お前、相変わらずおしゃべりだな。少し黙っていられないのかよ」
　不機嫌な顔をして黒川くんがそう言う。
「何その言い方。聞かれたから言っただけでしょ？」
「あ、あの……それで……大道寺さんはその好きな人には会えたんですか？　学園祭で」
　またバトルが勃発しそうだったので、慌てて話題を変えた。
「あ、楓でいいよ。それがね、会えなかったの……。まぁ、学年もわかんないし名前もわかんないんだけどね」
「あ、うん。え……名前わかんないんですか？」
　てっきりもう付き合っている人なのかと思ったら。
「楓は一目惚れ体質なとこあるからな……でもそんな顔が

イケてるわけじゃないんだよ」
「はぁー？　今回は一目惚れじゃありません！　助けてくれたの……変な男達に絡まれてるところ」
　楓ちゃんは顔を赤くしてそう言った。
　恋する女の子って。可愛いな。
「じゃあ俺らと同じ制服着てただけってこと？」
　愛葉くんがそう聞く。
「うん」
「全校生徒は1000人近くいるんだぞ？　奇跡(きせき)でも起きない限り再会できないだろ？　それに相手は楓のことを覚えているかどうかもわかんないのに」
　愛葉くんはそう言いながら、チューチューとストローでメロンソーダを吸う。
「ひどぉー！　こんな可愛い女の子、覚えてるに決まってるじゃん！」
「可愛い女の子って姫野ちゃんみたいなことを言うんだよ」
「音楽、絶対シメる」
「ひいっ！」
　楓ちゃんにキッとにらまれながらそう言われ、愛葉くんは顔を両手で覆った。
「あーあ。あの時みたいに生徒手帳(てちょう)が落ちていたら一発なんだけどなー」
「生徒手帳？」
「……楓」
　ボソッと、まるでこれ以上は何も口にするなと言わんば

かりの黒川くんの声。
「あ、ううん！　なんでもな～い！」
　楓ちゃんは慌てたようにそう言うと、ニコニコしながら
"お口にチャック"の動きをした。
　黒川くんと楓ちゃんの秘密。一体なんだろう。

　――帰り道。
「姫野さん、今日はこんな形になっちゃったけど、姫野さんの誕生日は、当日にちゃんと改めて祝わせてもらえないかな？」
　黒川くんがそう言って顔を赤くした。
「う、うん。ありがとうっ」
　もうてっきり振られるもんだと思っていたから、なんだかこの会話がくすぐったい。夢みたいだ。
「姫野さん。俺、うれしかったよ」
「……え？」
「俺と別れちゃうんじゃないかって思って泣いてる姫野さんを見ちゃって」
　女の子の泣き顔みて、よろこぶなんて。
　黒川くんは、ちょいちょい意地悪気質みたいなところあるな。
「意地悪……」
　まぁ、そこも……大好きなんだけど。
　私と黒川くんは何かをたしかめるように、ギュッと手をつないだ。

離さない

「ダメだ！　昔から決まってることだもん！　沙良の誕生日は家族みんなで祝う！　わかったらこの話は終わり」
　私の誕生日の１週間前。
　家族に当日は友達と過ごしたいと言ったら、案の定、お兄ちゃんだけに反対された。
「そんな……ずっと前からいろいろ準備してくれてたらしいの。今年だけでも……お願いっ」
　私は両手をパチンと合わせて、お兄ちゃんにお願いする。
「だったら、その友達も誕生日、家に来るように言えばいい」
「……えっ」
「たくさんで祝った方が楽しいだろ？　その友達も連れてきな。沙良が高校に入ってできた初めてのお友達にお兄ちゃんも会いたいもん」
　そんな……。
　お友達。
　黒川くんのような銀髪男子を"友達"だと言って家に呼ぶのはすごく現実的ではない。
　さすがの黒川くんでも、お兄ちゃんにはボコボコにされそうだよ。

「というわけでして……許可が出るまで何度も説得するつもりなんだけどね……その……」

翌日の朝、屋上で黒川くんに家であったことを説明する。
「大丈夫だよ。お店の方はキャンセルして、姫野さんの家に行くよ」
——っ!?
意外な言葉が返ってきてしまい、思わず固まってしまう。
「え、あの……黒川くん私の話聞いてた？　私のお兄ちゃん……」
「聞いてたよ。全然平気。姫野さんくらい可愛い妹がいて、そうならない方がおかしいよ」
「は、はぁ……でも、黒川くんが危ないと……」
「だって、姫野さんの家族にちゃんと認めてもらえないと、それこそ彼氏だって胸張れないから」
「……黒川くん」
「姫野さんの家族にもちゃんと認めてもらいたい。そういうのは早い方がいいでしょ？　俺のことは心配しなくて大丈夫だから」
　黒川くんはそう言うと、フワッと笑ってから私のおでこに優しくキスをした。
「それで……当日なんだけどさ、姫野さんちの誕生日会が始まる５時までは、俺と付き合ってくれないかな？」
「あ、うん。それはもちろんっ」
「姫野さんに紹介したい人がいるからさ」
「……紹介したい人？」
「当日のお楽しみね」
　黒川くんはそう言うと、ほんの少しだけ切ない笑顔を向

けた。
　紹介したい人って……。
　一体誰なんだろう。
　もしかして……黒川くんのお母さんとか？
　そう考えると、急に心臓が緊張でドキドキしてくる。
　誕生日ってすごくワクワクするはずなのに。
　今年はなんだか、たくさんの不安が一気に押し寄せてきたな……。
　とりあえず今は……。
　何があっても、黒川くんの手を離さない、と。
　強く心に決めておこう。
「楽しもうね、当日」
　黒川くんのそのセリフにうなずいて、私は黒川くんの手をギュッと握った。

「お兄ちゃんはさぁ……彼女とかいないの？」
　夕飯を食べ終わったあと、リビングのソファでゆっくりテレビを見る時間。
　お兄ちゃんにさりげなく、恋愛話をもちかけてみる。
　考えてみると、お兄ちゃんの恋愛話を今までに一度も聞いた方がなかった。
「……いないけど？」
　テレビから視線を外すことなく、上の空でそう言ったお兄ちゃん。
　いないんだ……。

学園祭に来たあの感じだと、大学できっとモテるはずなんだけどな……。
「ん？　ちょっと待って。沙良がそんなこと聞いてくるなんて珍しいね」
　お兄ちゃんはテレビを消して、険しい顔をして私のことをマジマジと見た。
　うぅ……何かに勘づくのが相変わらず早すぎるよ。
「何……沙良、好きな人でもいるの？」
　立ち上がって私の目をジッと見ながらそう言うお兄ちゃん。
「え、いや……なんて言うか……ただなんとなく聞いてみたかっただけだよ。学園祭に来た時もお兄ちゃん、女子達にすごい注目されてたし」
　お兄ちゃんは「ふーん」と言うと、私の隣に座った。
「中学の時に好きだった子がいたんだけどね。その子はお兄ちゃんの友達のことが好きで」
「あ……うん」
　突然始まったお兄ちゃんの過去の恋愛トークに慌ててうなずく。
「その子のこと、今でもちょっと忘れられないでいる」
「そ、そうなんだ」
　初めて聞いたお兄ちゃんの好きな人の話。
　なんだかこっちまでドキドキしてしまう。
「初恋って特別なんだよな～。そりゃ、お兄ちゃんだっていろんな子とお付き合いしたことはあるよ。今はいないけ

ど。でも付き合ってきた女の子のことはそれなりに好きだったつもり。だけどやっぱり、後悔したままのしかも初恋ってなると、そんないさぎよく忘れられるものじゃないんだよな」

 そう言うお兄ちゃんは、少し寂しそうな目をしていて。
「だから……沙良には……もし好きな人が……仮にだよ? 仮に。仮にできたとしたら、それがもし初めてならなおさら。ぶつかる勢いで相手に気持ちを伝えてほしいなって思う」
「……うん」
「そういう素直になれる恋って、きっと初恋だけだと思うんだよ。失敗したこともないから何も考えないで行動できると言うか。遠慮とか配慮とか歳をとっていけばいくほど増えて……挙げ句の果てには仮面カップルみたいになるんだ。まぁ、そうじゃない人達もたくさんいるんだけどさ」
「素直に……」
「そう。誰がなんと言おうと、好きなら好きって。一緒にいたいなら一緒にいたいって。お兄ちゃんは初恋でそれが言えなくて後悔してるから。沙良にはそんな思いしてほしくないなって」

 ただ私のことを過剰に溺愛しているわけじゃなくて。

 家族として愛しているからこそのお兄ちゃんの優しさで。
「まぁ、かすり傷くらいはしてもいいと思うよ。それで自分の周りの人達の優しさに気づくから」

お兄ちゃん、私、素直になってもいいのかな。
「あのね、お兄ちゃん」
「何？」
「私、実は今、付き合ってる人がいるの」
　私はお兄ちゃんの目をまっすぐに見てそう言った。
「沙良……今なんて？」
「え、だから……付き合ってる人がね」
　お兄ちゃんに勇気づけられて、今、素直になれてるんだよ。
「……無理」
「え？」
「無理、無理、無理！　全然、無理！」
「え、ちょっとお兄ちゃん!?」
　お兄ちゃんは突然立ち上がると、泣きそうな顔をして頭を抱え出した。
　30秒前に『素直に』と熱く語っていた人とは思えないほどの変わりよう。
「ちょっと、母さん!?　知ってた!?　ねぇ知ってたの!?　沙良に、か、か、か、彼……」
　お兄ちゃんは食器洗いをしてるお母さんにそう言う。
「えぇ」
　サラッとそう答えるお母さん。
　お母さん……知ってたんだ。
　まぁ、デートに行くことがすぐにバレちゃうくらいだから、お母さんには全部お見通しだよね。

「嘘だろ……」
　お兄ちゃんは青ざめた顔をして立ちつくしている。
　あらまぁ……。
「でも、お兄ちゃん私に言ってくれたよね！　素直に行動しろって……だからっ」
「許さないぞ！」
「そんなっ」
　さっきと言ってることが違いすぎるって。
　お兄ちゃんのこと、本当にカッコいいって思ったのに。
「許さない、許さない、許さないっ！　絶対許さないっ！」
「もう、20歳を越えているのだから、子どもみたいなことを言わないの」
　お母さんが呆れてお兄ちゃんをなだめる。
「もしかして……誕生日会に来る友達って……そいつじゃないだろうなっ!!」
「……っ!?」
　おっしゃるとおりです。お兄さん。
　そのお友達が、私の彼氏である銀髪不良少年の黒川南夏くんです。
「はぁー！　もう無理。もうやだ……死にそう……」
「ちょっとお兄ちゃん、さっきはとにかく初恋を大事にしろって……」
「そんなこと言ってな——い！」
「言ったよ……」
「言ってないもんっ！」

そう訴える涙目のお兄ちゃん。
　あーせっかくのカッコいい顔が台無しだよ。
　シスコンが重症化すると、記憶まですっかりなくなるなんて……。
　もう、一体どうしたらいいのよ……。

　——コンコンッ。
「沙良、ちょっといいか？」
「お父さん……？」
　お兄ちゃんとろくな話し合いができずに部屋で頭を抱えていると、ドアの向こうからお父さんの声が聞こえた。
　仕事が早く終わったんだ……。
　遅くまで仕事しているお父さんは、いつも私達が寝静(ねしず)まったあとに帰ってきて、私達が起きる頃に仕事に出るから、なかなか普段は話せないんだけれど。
「ちょっと話したいんだが……」
「うん、いいよ」
　——ガチャ。
　私がそう言うと、部屋のドアが開いて、久しぶりに見るお父さんが入ってきた。
「珍しいね、お父さんが私に話なんて」
　いつも仕事ばかりで、お兄ちゃんと私のことは全部お母さんに任せっきりだったから。
　部屋でこうしてお父さんとふたりきりなんて、なんだか少し照れる。

「聞いたよ、沙良の誕生日会の話」
「あ……うん」
「冬李の気持ちはわかってあげてくれ」
　お父さんは、部屋の真ん中にあるローテーブルの横に腰を下ろすとそう言った。
「……うん」
「お父さんの代わりに、冬李は沙良のお父さんになってくれてるんだ」
「代わり？」
「あぁ。小さい頃から、お母さんよりも先に、沙良に何かあるとすぐお父さんに話してくれたのは冬李だったんだ」
　お兄ちゃん……。
　お父さんから初めて聞くお兄ちゃんの話。
「自分だってまだまだ甘えたいはずなのにな。俺のことは気にしなくていいから、沙良のことしっかり見てあげろって、よく言ってた。今だって。でも……お父さんやっぱり仕事がずっと忙しくてなかなかふたりのこと構ってやれなくてね……」
「うん。しかたないよ。お父さんが仕事がんばってくれてるおかげで、今私達は何不自由なく暮らせているんだもん」
「あぁ。沙良にそう言ってもらえると、お父さん、救われるよ」
　お父さんは少し目頭を押さえながらそう言う。
　泣いてるわけじゃ……ないよね？
　勉強机の椅子をグルッと回転させながら、お父さんを見

る。
「とにかくあれだ、冬李はああ言ってるけどちょっと寂しいだけだと思うから。あの……なんだその……会えるのを楽しみにしているって、彼に伝えてくれないか」
「お父さん」
「冬李のことは、お父さんが説得するから」
　本当は。
　いつも仕事ばかりで、私達のことなんて考えていないんじゃないかって。
　少しそんな風に思っていた。
　でも……。
　違ったんだ。
　お父さんはいつだって遠くから私達のことを見守っていてくれて。
「よかったな。沙良」
　お父さんは立ち上がると、私の頭を優しくポンポンとすると久々に見せた笑顔で、私の部屋から出ていった。
「ありがとう……お父さん」
　思わず目頭が熱くなってしまい、お父さんがいなくなった部屋でひとり、震えた声でそう呟いた。

　そしてやってきた――。
　誕生日会当日。
　お昼を食べ終わって身支度してから少しして、黒川くんが迎えにきてくれた。

幸い、お兄ちゃんは私のバースデーケーキを受けとりに出かけていたので、ここはなんとか助かった。
「よし、行こうか」
「……うんっ」
　家の門の前で待っていてくれた黒川くんにそう返事をして、彼の手をギュッと握りしめる。
　この感じが、当たり前になっているのに、少し恐怖を覚えるくらい幸せだ。
「黒川くん、私に会わせたい人って……誰なのかな？」
　ずっと疑問に思っていたことを聞く。
「俺の母親」
　――っ!?
　やっぱり……予想的中か。
　どんな人なんだろう……。
「そっか……黒川くんのお母さん。……ねぇ、大丈夫かな？私。変じゃない？」
　黒川くんはそう言う私を見てククッと肩を揺らす。
「全然変じゃないよ。むしろ可愛すぎて困る。その髪だって……」
　黒川くんは少し頬を赤らめながら私のことを横目で見る。
　実は、今日はちょっとお母さんに手伝ってもらって人生で初、髪を巻いてハーフアップにしてみた。
　もともとお母さんはそういうのが大好きで、私のためにヘアアクセやコテを買ってきてくれたりはしていたのだけ

ど、学校で目立つことを恐れていた私はそういうものに一切手をつけてこなかった。
　スカートだって膝丈を保って短くしたりせず、校則(こうそく)は絶対に守っていた。
　そんな私だから、こんな風におしゃれをするのは、学園祭の衣装やメイクとはまた違って、くすぐったくて。
　でも、お母さんが『もしあちらのお母さんに会うことがあったら、気に入ってもらえるように目いっぱい女の子らしいおしゃれをしなきゃ』と言ってくれたから。
　一歩を踏み出せた。
「黒川くんのお母さんに、少しでも可愛い彼女だって……思われたいから」
「うん」
　黒川くんはそう言って少しうつむいた。
「黒川くん？」
「あぁ、うん。母さん、すげぇよろこぶと思う。絶対」
「……うんっ」
　なんだかすごく恥ずかしい。
　だって、恋人の親御さんに会うなんて。
　まるで、結婚前の顔合わせみたいで。
　なんて。
　少し調子に乗ったことを思っちゃう。
「ねぇ、姫野さん？」
「ん？」
「……ありがとうね」

「え？」
　黒川くんが何に対してお礼を言っているのかよくわからない。
「俺のこと、助けてくれて」
「助ける？　……助けられたのは私の方だよ？」
　黒川くんは何を言っているんだろう。
　風邪を引いた時も、知らない男子に襲われそうになった時も。
　助けてくれたのは、いつも黒川くんの方なのに。
「いや、俺だよ。この手をずっと離さないでいてくれて。ありがとう」
「改まって言われると、恥ずかしいよ」
「フフッ。そんな顔する姫野さんを見られるなら、もっと言う」
　黒川くんは少し無邪気に笑うと。
「……大好き」
　そう言って、私の頬にキスをした。

「黒川くん？　黒川くんの家って……病院？」
　そんなことはないはずなんだけど。
　目の前にドーンとたつ大きな白い建物をみて、思わずそう口にする。
「まぁ、ここが実家みたいなもんだよ」
「え？」
「行こっか」

黒川くんの声にうなずいて、私は彼のあとについていく。
　ここが実家って……どういうことなんだろう。
　もしかして、黒川くんのお母さんって病院の医院長だったりして!?
　それか……医者!?
　お父さんも校長先生だし。ありえる。
　あっ。それならなおさら、綺麗な格好は大切。
　校長先生の父とお医者さんの母をもつ息子の彼女ってことだから……。
　妄想のようなプレッシャーに心臓がドクドクと鳴る。
「黒川くんのお母さんって……どんな人？」
「んー、……厳しくて綺麗好きで怒るとすげぇ怖い」
　黒川くんが怖いなんて言うって……。
　相当じゃない？
　どうしよう……。
　ちゃんと受けいれてもらえるかな……？
「ふっ、そんな不安そうな顔しないでよ」
「だって」
「大丈夫だよ。姫野さんのことは絶対気に入ってくれるから」
　そう言って黒川くんが私の手をギュッと握りしめてくれた。
「そうかな？」
「そうだよ。それに……怖いだけじゃない。すげぇ優しいところもたくさんある人だから。料理はうまいし、仕事は

真面目にやるし、人にツラそうな顔なんて見せないし、何よりも子どものことをずっと考えてくれてる」

　黒川くんが、自分の家族の話をしてくれてる。

　それが本当にうれしい。

「すごくいいお母さんだね」

「ああ。すげぇいい母親だよ。今もずっと……」

　最後のセリフに、少し違和感を覚えながら、私は黒川くんと病院のエレベーターに乗り込んだ。

「ここ」

　廊下を歩いていた黒川くんが立ち止まった病室は個室で、ドアの横には『黒川陽子』と書かれたプレートがあった。

　……えっ？

　黒川くんのお母さんって……病院で働いてるわけじゃなくて、入院してるの!?

「ちょっと待って黒川くん」

　私は思わず黒川くんの袖を掴む。

　てっきり元気で、仕事をバリバリやってる医者か医院長と思っていたから……。

　さっき、軽い気持ちでお母さんのことを聞いたのが申し訳なくなる。

「……大丈夫だから」

　黒川くんは優しくそう言うと、袖を掴まえた私の手をとって握ってくれた。

「入るね」

黒川くんは病院の扉を開けた。
　───ガラッ。
　───ピッ……ピッ……ピッ……ピッ……。
「母さん、姫野さん連れてきたよ」
　黒川くんは明るく優しい声でそう言うと、私の手を握りしめながら、ベッドのほうへと歩いていく。
　──────っ!?
　ベッドへ目を向けると、酸素マスクをした女の人がいた。
　寝て……る？
　私は黒川くんの顔を見る。
「くも膜下出血で倒れてね。3年前のが再発したみたいで。あの時はなんとか回復できたんだけど……再発となるとむずかしいみたいで。もう2カ月も昏睡状態なんだ」
　そう淡々と語る黒川くんは、遠くを見ていた時とおんなじ顔をしていて。
　かける言葉が出てこなかった。
「母さん、ほら、連れてきたよ。姫野さん。俺、ずっと話してたじゃん。可愛い女の子がいるって」
　黒川くんは少しも反応しないお母さんに、そう穏やかな声で話しかけながら、ベッドの横に立った。
　私は、予想できなかったこの状況にどうしていいかわからず、ただ少し遠くからふたりのことを見つめる。
　もしかして……黒川くん……。
　よく学校を休んだりしていたのって……。
　お母さんのお見舞いに来ていたりしたのかな？

それで……。
「姫野さん。母さんに……自己紹介してくれる？」
「……えっ」
「よろこんで目を覚ましてくれるかも」
　黒川くんはまた無邪気にそう言って笑うと、私の手を引っ張って、ベッドの隣に連れてきてくれた。
「あ、えっと……」
　目を閉じている黒川くんのお母さんは、化粧をしていないはずなのに、すごく綺麗で。
　黒川くんの顔はお母さん譲りだな、なんて思って。
「こ、こんにちは。黒川南夏くんにいつもお世話になってます……姫野沙良です」
　そう挨拶をしても、もちろん返事がないことは病気のことをよく知らない私でも、黒川くんのさっきの説明でなんとなくわかっていた。
　それでも、黒川くんのお母さんが今にも『こんにちは、姫野さん』なんて黒川くんに似た笑顔で言いそうだなんて思って。
「黒川くんには、いつもいつも大変お世話になっていて、すごく……すごくいい子で。たくさん助けてもらっています」
　黒川くんへの想いが。
　お母さんの顔を見て一気にあふれてきて。
　黒川くんの時々見せる、寂しそうな顔の原因がだんだんわかってきて。

黒川くんがどれだけ、いろんなことを我慢して私に隠してきたのかがわかって。
　黒川くんが抱きしめてくれた時の温もりや。
　黒川くんがギュッと手を握った時の強さや。
　全部。
　すべてが重なって。
『黒川くんの好きなお母さんの手料理(てりょうり)はなんですか？』
『黒川くんは小さい頃どんな男の子でしたか？』
『黒川くんが生まれた時、どんな気持ちでしたか？』
　たくさん聞きたかった、黒川くんのことが。
　たくさん聞きたかった、黒川くんのお母さんのことが。
　今聞けないのがツラくて。悲しくて。
「……黒川くん……ごめんねっ。私……何も知らなくて今まで……」
　私は、お母さんに自己紹介をしながら、ポタポタと涙を落としていた。
「ううっ……黒川くん……」
　ここで泣いちゃいけないのはわかっているのに。
　こんな元気のない声、お母さんに聞かれちゃったらダメなのに。
　わかっているのに。涙が全然止まらなくて。
　きっと大変なのは、苦しいのは。黒川くんなのに。
　私が泣いちゃ、ダメなのに。
　まだ生きているのに。
　すぐ目を覚ますはずなのに。

悲しんじゃ……ダメなのに。
「ごめんなさいっ。わかってるんだけど……わかってるのに……うぅっ」
　私の肩を黒川くんはギュッと抱きしめてくれて。
「姫野さん、ありがとう」
　黒川くんは、眠っているお母さんのことを見つめたまま少し震えた声で私に優しくそう言った。

　少しの間、黒川くんのお母さんの横で、彼からお母さんの話を聞いた。
「南夏」
　病室を出た時、正面から歩いてきた人が黒川くんにそう声をかけてきた。
「父さん」
　そこには、見覚えのある白髪混じりで貫禄ある男の人がスーツを着て立っていた。
　私達の学校の校長先生で。
　黒川くんのお父さんだ。
「あ、えっと……こんにちは。姫野沙良です」
　校長先生に対してか、黒川くんのお父さんに対してか、どう挨拶していいかわからなくなり戸惑う。
「聞いてるよ。息子がいつも世話になってるね」
　入江校長先生は、朝礼の時と変わらず穏やかな声でそう言ってくれた。
「父さんも……母さんの顔を見に？」

「あぁ」
「そう」
「なんか反応は?」
「いや。姫野さん連れていったらいい刺激(しげき)になるかなとは思ったんだけどね……」
「確実に母さんの刺激にはなってると思うぞ。息子の初恋相手なんて、母さんの心境は複雑だろう」
　は、初恋!?
　校長先生、いや、ここでは黒川くんのお父さんにしておこう。
　黒川くんのお父さんの口から『息子の初恋相手』なんて言われて、ボッと顔が熱くなる。
「父さん……よけいなこと言うなよ」
「よけいなこと?　大切なことだろ。父さんにとっても母さんにとっても。大事なひとり息子であることには変わらないんだから」
「……っ」
　少しそっぽを向いて首筋をポリポリと掻(か)く黒川くん。
　あれ?　ちょっと……照れてる?
「あーもー。行こう、姫野さん」
　黒川くんはそう言うと、私の手を掴んだ。
「えっ、あ、黒川くん……」
「よろしくね、南夏のこと」
　黒川くんのお父さんはそう言うと、私の肩をポンポンと優しく叩いた。

なんだか。

病院でがんばってる黒川くんのお母さんや、辛抱強くお母さんのことを世話したり気遣ってる黒川くんを見たら。

お兄ちゃんが待っている家には絶対に黒川くんを連れていけないよ……。

あの様子だと、絶対黒川くんが傷つくことしか言わないもん。

どうしよう。

でも、お母さんが大変な状況なのに、私のためにプレゼントを用意していてくれて、お店の予約までしてそのためにバイトもがんばってくれた。

そんな黒川くんのことを思うと、もっともっと好きになる。

こんな素敵な人、私の大切な家族に、紹介せずにはいられない、なんて。

「あのね、姫野さん」

「何?」

病院からの帰り道、黒川くんが優しく私の名前を呼んだ。

「本当にありがとうね。最後に姫野さんの声、聞かせてあげられてよかった。俺が一番会わせた……」

「黒川くん、何を言ってるの?」

「……え?」

「黒川くんのお母さんは絶対、目を覚ますよ」

覚ましてもらわないと困るよ。

私、黒川くんのことまだ何にも聞いてないんだもん。

「姫野さん……」
「だって、こんなにカッコいい息子が……毎日毎日お見舞いに来るんだよ？　私がお母さんなら、目を覚まして絶対言いたいもん！」
「なんて？」
「学校へ行きなさいっ！　って」
「プッ」
「……へ？」
「アハハハハッ。姫野さん最高」
　突然笑い出した黒川くんに私はキョトンとしてしまう。
「そこは『いつも来てくれてありがとう』とか感謝の言葉じゃないんだ」
　あ……。
　そうなのかな……。
　私が親になった時の気持ちを言っちゃった。
「間違えちゃった。でもね、全然ふざけたつもりとかなくて……」
「ううん。合ってるよ」
「え……っ!?」
　黒川くんは、私を引き寄せてからギュッと抱きしめた。
「母さんなら、ぜってーそう言う。姫野さん、すげぇ。どうしてわかるの？」
　黒川くんは私の耳もとで声を震わせてそう言うと、少しの間そのまま身体を離さなかった。

生まれてきてくれて

「よしっ。行こう、黒川くん!」
「姫野さん、顔がすごく険しいよ」
「だって……どうなるのか全然想像できないから……スーハー……スーハー」
　家の門の前で思いっきり深呼吸して、私は玄関に向かい、ドアに手をかける。
「た、ただいまー!」
「おかえり〜! 早かったわね〜!」
　お母さんがエプロン姿ですぐ出迎えにきてくれた。
「うん。お、お母さんっ、お兄ちゃんは?」
「あ、まだ帰ってないけど……」
「そうなんだ……」
　ケーキって……そんな時間かかる?
　まぁ、いいか。
「こんにちは」
　お母さんとは何度か会っている黒川くんは、ペコッと挨拶する。
「いつも沙良がお世話になって〜。黒川くんといるようになってからね、沙良、すごく楽しそうで。私もとってもうれしいの。今日は来てくれてありがとう。さぁ、上がって上がって〜」
「おじゃまします」

お母さんの声で黒川くんが玄関を上がる。
　く、黒川くんが……。
　私の家に入った……。
　それだけで胸がドキドキして。
　少し口もとがゆるんだ。

　ダイニングテーブルで、お母さんの作ったご飯を目の前に、お兄ちゃんとケーキがやってくるのを待つ。
　黒川くんが家に来てそろそろ30分が経過しようとしているけれど。
　主役(しゅやく)のケーキが全然来ない。
「電話にも出ない」
　お兄ちゃんに３度目の電話をしても、やっぱり全然つながらなくて。
「ったく、どこで寄り道してんだろうな」
　お父さんがため息混じりでそう言う。
　黒川くんの自己紹介も無事終わり、お父さんも最初は黒川くんの銀髪に少し驚いたりもしていたけど。
　今はだいぶ打ち解けて、私の子どもの頃の話をしている。
　お兄ちゃん、何してるのよ……。
　――ガチャ。
　そして、やっと。
　玄関のドアが開く音が聞こえた。
「もうー！　冬李何やってたのよ～！　黒川くん来てるわよ？」

お母さんが慌てて玄関へ向かって、帰ってきたお兄ちゃんにそう言う。
　いつもなら必ず大きな声で『ただいま』と言うはずのお兄ちゃんが、無言のまま。足音だけがどんどん近づいてくる。
　これ……相当怒ってる？
　足音でなんとなく察することができて、頭を抱える。
　こんなに神経をすり減らすような誕生日、今までになかったよ。
「ケーキ」
　お兄ちゃんは今までに聞いたことない低い声でそう言うと、テーブルの中心にトンとケーキの入った箱を置いた。
　そして。
　私の隣に座る黒川くんを、これでもかってくらい、にらみつけた。
　もう、やめてよ。
　黒川くん、本当にごめんっ！
「もう……お兄ちゃん……」
「黒川南夏です。お兄さんですね。姫野さんからよくお話を聞いてます」
「……」
　お兄ちゃんは椅子に座り、黒川くんの声を無視している。
　あーもー！
　大人気ないなぁ……。
　まぁ、怒鳴ったりするよりましか。

私達は、不機嫌なお兄ちゃんを無視して、誕生日会を始めた。
　私の小さかった頃の話とか高校に受かった時の話。これまでに反抗期(はんこうき)はあったのか。
　だいたい私の話だったけど、お父さんとお母さんは楽しそうに話をしてくれて、とってもうれしかった。
　私自身、初めて聞く話もあって、黒川くんがそんな話をよろこんで聞いている姿がすごく愛おしくて。
　今日だけで好きがまたすごく積もった。
　お兄ちゃんは、私達がご飯を食べ終わるまでの間、終始無言で、黒川くんの斜め前の席から、ずっと黒川くんのことを見ていた。
　見ていたというより……にらんでいた。
　まったく……失礼にも程があるって……。
　それでも、黒川くんはお母さんの作ったご飯を『おいしい』と言って食べてくれて。
　ご飯を綺麗に食べ終わってから。
　私達はいよいよ、ケーキの箱を開けた。
　ケーキにローソクを立てて、部屋の照明を落とす。
　火をつけて「ふー」と私が火を消した時。
「……なぁ」
　妹の私でも聞いたことない低い声でお兄ちゃんが口を開いた。
「はい」
　黒川くんが返事をする。

「沙良と強引に付き合ったあとは、母親が病気だって話して、同情して優しくしてもらおうとかそういうこと？」
へ？
お兄ちゃんの言ってることがよくわからないけど、でも、黒川くんのお母さんが病気だっていうことは当たっている。
なんで、お兄ちゃんが黒川くんのお母さんのことを知ってるの？
「親父さんが校長先生なんだろ？　お前、沙良のこと脅してんだろ。付き合わなかったら成績下げるとか学校退学させてやるとか言って」
「お兄ちゃん、何を言ってるの？　そんなことあるわけないじゃん……っていうか、なんで黒川くんのお父さんとお母さんのこと……」
「沙良は黙ってて」
「……」
ローソクの火を消した焦げ臭い匂いが、まだ少し残っていて、その匂いがまたなぜか悲しくさせる。
せっかくの誕生日なのに……。
「前に停学処分になったんだってな。そんな奴が妹の彼氏で、それも家にまで上り込むなんて、迷惑極まりないんだけど」
「それは違うよ！　黒川くんは私のために……」
「黙っててって言ったよな？」
「そんな」

お兄ちゃんは今まで見たことない怖い顔で、黒川くんをにらみつける。
　お母さんもお父さんも。黙ったまま。
　一緒に黒川くんを守ってよ。
「お前みたいなクズ、俺は認めねぇよ」
　お兄ちゃん、こんなこと言う人だった？
　黒川くんはお兄ちゃんにこんなにひどいことを言われても何も言わず、ただじっとうつむいていた。
　言い返せばいいのに。
　違うって。
　全部、違うって。
「ツラかった時」
　ずっと黙っていた黒川くんがやっと口を開いた。
「ツラくて、苦しい時。お兄さんが言うように、俺みたいなクズのことなんて、誰も見ていないし誰も助けてなんかくれないってずっと思ってて、このまま死んでもいいやって思ったことがあったんです」
　黒川くんが落ち着いた優しい声で話し続ける。
「そんな時に、姫野さんが助けてくれました。見知らぬ俺のことを……すごく優しく手当てしてくれて、何度も何度も『大丈夫ですか？』『ほかに痛いところはないですか？』って……」
　……え？
　黒川くんとそんなやりとりをした覚えなんてなくて、私は頭が混乱する。

一体いつの話を……。
「その時、心の中にあったツラかったもの全部が溶けてなくなっていく感じがして……あの時の姫野さんの匂いとか手の温もりとか今もずっと覚えていて」
　もしかして……。
「姫野さんに助けてもらったあの日以来、嫌なことから逃げないでちゃんと向き合おうって思えるようになりました。両親が離婚するまで、家の中ではケンカばっかりで。俺が中学に上がる直前に離婚が決まったあとも、何に対してかわからないムカつく気持ちから、うさ晴らしに人を殴って。本当にダメ人間だった。姫野さんに会うまでは父親の学校なんて通うつもりもなかったし、母親の体調が悪いのも見て見ぬフリをして……。でも、姫野さんに出会ってから……本当に何もかも変わったんです」
　黒川くんは、お兄ちゃんの目をまっすぐ見ながら話している。
「……俺だけだけじゃなくて。父も、今もまだ病院で眠ってる母も。きっと姫野さんには心から感謝してると思います」
『ここ、俺の大切な場所なんだ』
『ここで俺の人生が変わったんだ』
　少し前、デートの帰りに寄った公園で。
　黒川くんはそんなことを言っていた。
　そこで私は2年前、ひどく殴られてケガをしている男の子の手当てをしたことがあったけど。

もしかして。
　心臓がドクンドクンと大きく鳴り出す。
「姫野さんのご家族に認めてもらえないまま、お付き合いするのは……違うのはわかっているんですが」
「黒川くん……」
「姫野さんのおかげで、自分が生きる意味がわかったっていうか……俺にとって、姫野さんが人生そのものになったんです。重いとか気持ち悪いって思われても仕方ないです。だけど……」
「お前は、沙良を幸せにしたいと思っているのか？」
「……えっ」
「どうなんだよ」
「いや、俺は……」
　黒川くんは少し口ごもってから、ゆっくりとしゃべりはじめた。
「姫野さんといることが俺にとっての幸せなので……幸せにしたいっていうのとは少し違います……」
　言われていることは、すごいことで。
　すごくすごくうれしいことなのに。
　お兄ちゃんにとって、黒川くんの言葉ひとつひとつが正解なのかわからなくて、不安になる。
「幸せは、自分で掴むものだと思うから。俺は素直に姫野さんとずっと一緒にいたいので……それを許してほしいです」
　黒川くんはそう言ってお兄ちゃんに頭を下げた。

「……はぁ」
　長い沈黙のあと。
　お兄ちゃんが深いため息をついた。
　そして。
「顔上げてよ、黒川くん。君には負けた」
　へ？
　お兄ちゃんが、少し微笑みながら黒川くんにそう言った。
　どういうこと？
　なんで笑ってるの？
「へっ……？」
　黒川くんもキョトンとした顔をしている。
「いやー参ったよ。ケーキ取りにいく前に、ふたりのこと尾行して、そのあとで校長先生にいろいろとお話を聞いたんだけどね……。先輩のことボコボコにする黒川くんのことだから、俺に怒鳴られたら逆上するんじゃないかって内心ビクビクしてたけど。負けたよ」
　へ？
　え？
　はい？
『尾行』とか『校長先生』という単語がお兄ちゃんの口から出てきたもんだから、思わずびっくりして、瞬きするのを忘れてしまう。
「昨日、父さんと話し合った時から、黒川くんとの交際は認めるつもりだったんだけどね〜。いや……沙良が惚れるのも無理ないわ。黒川くん、君イケメン！」

「いや、あのお兄さん」
　黒川くんもさっきとは別人のお兄ちゃんに戸惑っている。
「全部、俺の演技(えんぎ)だよ。黒川くんに沙良を任していいかの面接」
　お兄ちゃんは「早くケーキ食べよう〜」と、もとのお兄ちゃんに戻って、子どもみたいにお母さんにそう言った。
　演技？
　あんなに黒川くんを追いつめて……。
　私にあんなに不安な想いをさせて？
　本当、ありえないよ！
　これはもう絶対、怒ってやらないと。
「お兄ちゃんっ!!」
　思い切り叫んだ瞬間。
「ありがとうございますっ！」
　黒川くんが私の声を超える大声で、お兄ちゃんに頭を下げた。

「お疲れ……黒川くん」
「うん。楽しかったけど、最初のお兄さんのあれはびっくりした」
「本当にごめんね……」
「姫野さんが謝ることじゃないでしょ。お兄さんに姫野さんの最高に可愛い写真とかたくさん見せてもらったし。すげぇ楽しかったよ」

「うん、本当にありがとう」
　あのあと、お兄ちゃんはケーキを食べ始めた瞬間、上機嫌になって、はしゃぎながら私の小さかった頃の写真を黒川くんにたくさん見せていた。
　ほんの少し恥ずかしかったけど、でもお兄ちゃんと黒川くんが仲良く私の写真を見ている姿は、微笑ましくてすごく幸せだなって感じた。
　改めて、黒川くんと出会ってよかったって何度も思う。
　そして今。
　例の公園のベンチに、ふたりで並んで座る。
　まさか。
　ここが。
　黒川くんと初めて出会った場所なんて。
　２年前に私が軽く手当てした傷だらけの男の子と、今、隣にいる銀髪の彼が同一人物なんて。
　あの時の私は、何も考えられず、ただケガをしている彼を手当てすることだけで頭がいっぱいで。
　記憶を何度たどっても、やっぱり彼が黒川くんなんて信じられない。
　私が助けたのは、華奢で黒髪の男の子だったもん。
　でも……。
　彼なんだよね。
　私は、まだ若干疑いながら黒川くんを見つめる。
「姫野さん、ありがとうね」
「……ん？」

「生まれてきてくれて」
　————っ!!
　家族以外に。
　大好きな人に。
　そんな風に言われるなんて。
　思ってもみなかった。
　いつも誰かの顔色ばかりうかがって。
　いつも何かに怯えて。
　そんな何もかもダメな私に。
　こんなことを言ってくれる人がいる。
　生きていることに感謝されるなんて。
　頬にいくつもの涙が伝う。
「こちらこそ……黒川くん、生まれてきてくれてありがとう」
　私は黒川くんの目をまっすぐ見てそう言い返す。
「だから……姫野さんのそういうところ、本当ずるいって」
「えっ……っ!!」
　黒川くんは「帰したくない」と私の耳もとで呟いてから。
　ショートケーキの味がほんのり残る、甘い甘いキスをした。

初恋

【side 南夏】

　親の離婚がきっかけで、中学に入ってすぐ俺は学校に行かなくなり、中学3年になっても毎日のようにケンカをしていた。

　離婚の原因は、母さんが、父さんの浮気を疑ったのが発端(ほったん)。

　母さんからはそう聞かされたけれど、でも、きっと原因はそれだけじゃなかったと今になってなんとなく思う。

　父親が高校の校長先生。

　そのことで、小学生の頃から自然と周りが俺に何か期待しているのを感んじたり、そんな周りからのプレッシャーや同級生からの『南夏の家は特別だから』という冷たい重圧。

　母さんは俺のそういうストレスを感じ取ってて気にかけてくれていたんだと思う。

　ふたりのケンカ中『南夏のことをちゃんと見てあげて』と泣き叫んでいる母さんの声を聞いたことがあるから。

　両親が離婚してからというもの、我慢していたものが爆発したみたいに、ケンカや悪さに走るようになって。

　まだあの頃は黒髪で。

　身長も今より20センチも低くて。

　きっと今の俺とは別人だっただろう。

だから、彼女も俺のことは覚えていなくて当然だ。
あの日。
他校の先輩が。
俺をあの公園で待ち伏せていて。
俺はすぐに倒れこむくらい殴られたり蹴られたりした。
『粋（いき）がってんじゃねーぞ』
最後にはそう言われ、唾（つば）を吐（は）かれた。
両親も教師も、学校の友達も。
何も信じられなくなっていた。
俺を取りまくすべてがダメなんだと。
ダメなのは自分の捻（ひね）くれた性格だって同じなのに。
そんな風に思っていた。
音楽や楓はずっと気にかけてくれていたのに。
『お前らに俺の気持ちはわからない』
なんて突きはなして。
こんな自分勝手な俺のことを。
もう誰も。
助けてくれない。
このまま死んだほうが楽だ。
そんな風に思った時だった。
『だ、大丈夫ですか？』
か細くて今にも消えそうな声が頭上（ずじょう）から聞こえた。
そこには肩までのサラサラの栗色の髪と同じ色の瞳をした女の子が、ジャンパースカートの制服を着て、こちらを心配そうに見ていた。

意識も少し朦朧としていて、きっと顔だって殴られて腫れて汚いはずの俺に。
　天使のような顔をした女の子が。
『あ、あの。失礼しますっ』
　彼女はそう言うと、自分の横にスクールバッグを置き、そこからゴソゴソと何かを探して、大きめのポーチを取り出した。
　なんだこの子……。
　なんで俺なんか……。
　女の子は、ポーチから携帯用の殺菌消毒液とガーゼを取り出して、俺の顔のケガの手当てを始めた。
　なんでこんなもんまで、カバンの中に入ってんだよ……。
『イテッ……』
　冷静に心の中で女の子の行動にツッコミを入れながら、消毒液が沁みて思わず声が出て。
『あ、沁みましたよね……ごめんなさいっ』
『いや……』
『でも、こういうのは早く手当てしたほうが治りも早いと思うので』
『……っ』
　彼女が少し手を動かすたびに、シャンプーなのか、柔軟剤なのか、香水とは違うフワッといい香りが広がって。
　不思議とその瞬間だけ、嫌なことが全部忘れられた。
『ほかに、痛いところはないですか？』
『あぁ』

幸い、骨折などの重傷の心配もなかったのでそう答える。
『そうですか……よかった』
　彼女は胸を撫で下ろす。
『あのさ、君……』
　どうしてここまでよくしてくれるんだ。
　赤の他人の俺に、しかもどう見てもケンカでできたケガをしている俺に。
　どんな奴かもわからないんだから、怖くはないのか。
　どうしてこんなに優しい言葉なんか。
『あ、あのちょっと待っててください、すぐ戻ってくるので！』
　女の子はそう言って、カバンを持って走って消えていった。
　なんなんだよ……。
　べつに彼女を待っているつもりなんてなかったが、まだ歩くのもだるくて俺はその場でジッとしていた。
　だせぇ。
　バカみたいにあいつらが言うように粋がってケンカして、こんな哀れな姿になって、挙げ句の果てに知らない女に手当てしてもらってるんだから。
『何してんだろ……俺』
　誰もいなくなった公園で呟く。
　小走りでこちらへまっすぐ向かってくる女の子が見えた。
　こんな夜に……。

危ねぇだろ。
　そんなことを思いながらも、今の俺には彼女に何もしてあげられなくて。
『えっと……これ、スポーツドリンクとお腹空いてるかなと思って……肉まんです。あ、食べられたら食べてくださいね。じゃあ、無理しないように……』
　おい……嘘だろ。
　彼女は俺の横に肉まんの入ったコンビニの袋とスポーツドリンクを置くと、俺に軽く会釈して、くるっと振りかえりスタスタと公園を出ていった。
　なんでだよ。
　なんで知らない人にここまでできる？
　しかも、こんなガキのケンカで負けたようなケガ人。誰だってほうっておくだろう。
　それなのに……。
　なんで……。
　まったく初対面の彼女の優しさが、俺の身体の中に全部、心の中にあったたくさんの傷にも、沁みて。
　今までのむしゃくしゃした気持ちを全部包み込んでくれて。
　こんな俺なんか、死んだほうがいい。
　こんな俺なんか、誰からも見つけてもらえない。
　ずっとそう思ってた。
　でも、全然知らない彼女が、捨てられたような俺を見つけて。

手当てして。
　食事まで用意してくれて。
『変な奴』
　俺は、彼女のくれた肉まんを袋から取り出して、ひとくちかじった。
『うまっ』
　その時の肉まんが、今まで食べてきたどんなものよりもおいしく感じて。
　俺は、肉まんをほおばりながらすすり泣いた。
　スポーツドリンクを飲もうと手を伸ばした時、その横に『生徒手帳』と書かれたノートのようなもの落ちているのを見つけた。
　これって……。
　手に取って開いてみる。
『ヒメノ……サラ……』
　中にはさっきまでここにいた女の子が少し緊張した顔で写っている写真と、名前、生年月日、学校名が書いてあった。
『姫野……沙良……』
　もう一度、彼女の名前を呼ぶ。
　すると、今までになかった感情が一気に押し寄せてくる。
　あの声や、匂い。
　思い出すだけで、顔に熱をもつ。
　彼女が貼ってくれた頬の絆創膏を手で包む。
　心臓がトクンと鳴る。

俺……。
　彼女のこと……。
　俺、まだ死ねないや。
　もう一度、彼女に会って、ちゃんとお礼を言えるまで。
　そして。
　まだこの世の中に、純粋で綺麗な心をもってる人がいることが。
　汚れたものを何も知らないような彼女に会えたことが。
　大きな希望になって。
　俺は大きな１歩を踏み出す決意をした。

『南夏、南夏、南夏、南夏、南夏！』
　――ガチャ。
　彼女に助けてもらった日から数カ月がたち、中学３年生の３学期。
　大きな声のあいつがズカズカと人の家に上がり込んで、部屋に入ってきた。
『楓、お前、勝手に人の部屋に入って……』
『お父さんの学校、受験するって本当!?』
『あぁ、本当だよ』
『南夏、熱でもあるの？』
　高校生になったら毎日おしゃれでいなきゃだとか言って、生まれつき直毛の髪を最近から巻き出してそれをブンブンと動かしながら、そう聞いてくる幼なじみの大道寺楓。
『熱なんてねぇよ。いいだろ、べつに』

『はぁ？　ちょっと前までお父さんのことすごく嫌ってたじゃない！　あんな奴赤の他人だし世話になるつもりも一切ないって。どうしたの？　疑問だったんだよね。学校にも急に行くようになって、ケンカもピタッてやらなくなって……』
『お前にカンケーねー』
『はぁ!?　私と音楽だってずっとあんたのこと心配してきたんだよ？　いきなりコロッと変わっちゃうとびっくりするじゃん。なんかあったのなら、ちゃんと教えてよ』
『べつに』
　うるせぇ。
　楓は本当にうるせぇ。
　小さい頃からずっとそうだ。
　俺のやることにいちいち口をはさんできては、自分のいないところで何か面白いことがあるとすぐにふてくされたりする。
『あれ？　これ何？』
『ちょっ、触んなよ！』
　楓は、俺の机に目を向けると、あるものを見つけてそれを手にとった。
　あの日、助けてくれた女の子の生徒手帳だ。
『姫野……沙良？　誰？　この子』
『誰でもねぇーよ！　返せ！』
『よくないよー！　女っ気なかった南夏がこんなもの持ってるなんて……すぐ南夏のファンクラブのみんなに報告し

なきゃ！』
『なんだよそれ！　やめろよ！』
『やめないっ！』
『返せよ！』
『やだー！』
『返せって！』
　身長が162センチある楓から、160センチしかない俺はなかなか生徒手帳を取り返すことができなくて苦戦する。
　一番見つかりたくない人に見つかってしまった。
『もしかしてこの子……前に南夏のこと助けてくれたっていう子？』
　……っ!?
　なんでそれを楓が知ってんだよ。
『前におばさんから聞いたよ。その日、絆創膏を顔に貼った南夏が久しぶりに"ただいま"って言ったって、すごくうれしそうに話してた』
　ったく、母さんよけいなことを。
『あぁ、そーだよ。その時その子が落としていって。そのまま持ち帰ってきたんだけど、どうしていいのかわからなくて……』
『なるほどね〜、それで好きになったと』
『はぁ!?　好きとかひと言も言ってねぇし！』
『だって南夏、照れるとすぐ首を掻くじゃん。幼なじみをナメんなよ』
『掻いてねぇよ』

『ちゃんと返しにいこうよ、学校に。それともまた会うの？』
『はぁ？　会うわけねーだろ』
　あの子だってこんな不良がいきなり会いにいったら困るに決まってる。あの時は人が誰もいなかったから……。
『ないとこの子が困るでしょ。いろいろと』
『まぁ……』
『よし、行くよ！』
『はぁ？　今から？』
『戦は急げって言うでしょ』
『知らねー、聞いたことねぇわ』
　善は急げの間違いだろ。
　こんなバカに秘密が見つかったことが気に食わないけれど。
　俺達は生徒手帳を返すために彼女の学校へ向かった。

　それから３カ月がたって。
　俺は無事、父親の高校に入学することができた。
　でも……。
　あの日から、母さんのことを気遣うようにしたり、ケンカをやめたり、少しずつ自分を変えるようにしてきたけれど。
　俺の中にはずっと彼女がいて……。
　でももう二度と。
　会うことはないかもしれない。
　もう中学を卒業した今、彼女がどこの高校に行ったのか

もわからないし。
　心にぽっかり穴が空いたような感覚になって。
　ケンカはしなくなったが、ダラダラと過ごす日常は変わらなくて。
　そんなある日、保健室のベッドでサボっていたら。
『先生……ちょっと……お腹が痛くて』
　カーテンの向こうから、聞き覚えのある声がした。
　まさかと思った。
　ありえないと思ったが。
『あら、姫野さん』
　土屋先生がそう言ったのが聞こえた。
『姫野』
　その苗字に敏感に反応する。
　あの声。
　そして、名前。
　もしかして。
　もしかて、彼女は……。
　同じ学校にいる？
　まさかそんな偶然はありえない。
　いや、もしかしたら。
　そればっかりが頭の中で何度も回って。
　それから少しベッドの中で息を潜めて。
　土屋先生が保健室から出ていったのを見計らって。
　俺はベッドから出て、隣のベッドがある方向に目を向けた。

まさか、このカーテンの向こうに。
　　　ずっとずっと会いたかった彼女が？
　　　いや。
　　　そんな偶然。
　　　そんな奇跡。
　　　本当にあるのかよ。
　　　そんな風に思いながら、心臓はバクバクで、俺はカーテンに手をかけた。
　　　——シャッ。
　　　そこには、スヤスヤと寝息を立ててる女の子がいて。
　　　栗色の髪はあの頃より、少し伸びていて。
　　　透き通る白い肌が、窓の外の光を浴びて、キラキラして見えた。
　　　変わってない。
　　　何も。
　　　彼女は。
　　　あの頃から何も変わらず綺麗で、汚れていなくて。
　　　俺は、静かに彼女の隣に立つ。
　　　彼女の頭を優しく撫でた。
　　　思ったよりもサラサラしてて。
　　　俺の心は一瞬で簡単に奪われた。
『やっと……やっと会えたね』
　　　俺はそう言うと、彼女の右手を優しく握った。

これからも

【side 沙良】
「わー! 沙良めっちゃ可愛い!! 見たかったぁー! 会いたかったぁー!」
「フフッ。あの時は勘違いしちゃって、楓ちゃんから逃げちゃったからね〜」
「本当だよ〜。でも南夏のこと頼めるのはマジで沙良だけだと思ってるからさ! よろしくね!」
　シエルで、黒川くん、愛葉くん、楓ちゃんと一緒に学園祭の時の写真を見る。
「うわー、やっぱ俺ってイケメンだわ〜」
　愛葉くんが自分の写った写真を見て、そう言う。
「あんたはそんなことを自分でペラペラ言うから、いつまでたっても彼女できないんだぞー」
「はぁ? 彼氏もいない楓なんかに言われたくありまちぇーん」
「うざっ。きもっ。で、南夏、おばさんの体調はどうなの?」
「あぁ。すげぇいいよ。来週には退院できるらしい」
「わー! よかったじゃーん! そんじゃすぐ近いうち退院祝いやらなきゃね〜」
　そう。
　２カ月以上昏睡状態だった黒川くんのお母さん。
　実は、私の誕生日の翌日に、奇跡的に目が覚めたのだ。

お医者さんも『奇跡』だと言ってくれて、目を覚ましたお母さんとも、もう２回ほど会ってお話ができた。
「全部、姫野さんのおかげだよ」
　黒川くんがコーヒーをひとくちすすってからそう言った。
「そんな、私は何も……」
「姫野さんが、俺のことを助けてくれたあの日から。全部姫野さんのおかげなんだ。ありがとう」
「なーんか南夏らしくないこと言うじゃん？」
　と楓ちゃんが黒川くんの腕を肘で突く。
「お前に言わねーだけだよ」
「あーハイハイ」
「え、姫野ちゃんが南夏のこと助けた話って何？」
　愛葉くんがポカンとしてそう言う。
「フフフッ」
「ヒヒッ」
　私と楓ちゃんはお互いを見てそう笑い合う。
「３人の秘密だよね〜！」
　と楓ちゃん。
「はぁー？　ズリィ！　俺にも教えろよ！　教えろ！　幼なじみだろ！」
「音楽、声でけぇ」
「だってー！　俺だけ仲間はずれとか嫌！　教えろ南夏ー！」
「だからうぜぇって」

「教えるまで叫び続けてやる！　教えろ！　教えろ！　教えろ……」
「あぁぁ——!!」
「えっ!?」
　楓ちゃんが、隣でいきなり大声を出すのでびっくりする。
「楓、お前まででけぇ声、出すなよ……」
　黒川くんが呆れたようにそう言う。
「だってこの人！」
　ん？
　楓ちゃんが、１枚の写真を指差しながら、興奮気味にそう言う。
　よく見たら、楓ちゃんが指差してる人は、うちのクラスの塚本くん。
「このコスプレ警官がどうかしたの？」
　と愛葉くん。
「……この人なの。私の……私の好きな人……」
「えぇ!?」
「街で変な男達に絡まれてるのを助けてくれたの……彼なの！」
「こんな身近に……」
「へ、沙良はこの人のこと知ってるの？」
「知ってるもなにも、同じクラスだよ」
「楓、そいつはやめたほうがいい。姫野さんに手ぇ出してたから」
　いや。

黒川くん……あれはただ、一緒に買い出しに行こうとしてただけで。
「関係ないよ！　誰がなんて言おうと関係ない！　せっかく見つけられたんだよ？　それもこんな近くに……」
　楓ちゃんが目をキラキラさせて立ち上がりながらそう言うと。
「俺、いいこと思いついちゃった」
　愛葉くんがニヤッと笑ってそう言った。

「グループデートって」
「なんか……このメンツ、違和感だよな」
　数日後、遊園地にやってきた私と黒川くん。
　そして……。
「姫野さーん！　連れてきてほしい人って……塚本くんで合ってるんだよね？」
　そう言いながら走ってくる水田さんと彼女に引っ張られてる塚本くん。
「うん」
　でも、楓ちゃんと愛葉くんがまだ来ない。
「おい、お前、今度、姫野さんにちょっかい出したら許さないから」
「ちょっと黒川くん。塚本くんはせっかく来てくれたんだよ？」
「……まぁ」
　黒川くんは少し冷静になってそう言う。

「黒川、安心してくれ。俺、姫野さんのファンってだけで恋愛感情みたいなのはないから」
「ファン？　お前、やっぱりちょっと調子乗ってるだろ」
「いや、そんなつもりは……」
「黒川くんっ。塚本くんを怖がらせないでよ。ねぇ、水田さん、水田さんと塚本くんって中学同じだったんだね」
「うん、そうだけど……。それで……なんで塚本くんを呼んだの？」
「フフッ、きっともう少しでわかるよ」
　私がそう言って笑うと、水田さんはまだ頭にはてなマークが浮かんでいるような表情をしていた。
　少しして。
　遠くからなにやらワーワーと言い合いながらやってくる男女が見えてきた。
　やっと来た。
「ごめん遅くなって！　このクソ男が寝坊しやがって……」
　言葉遣いはいつもどおりだけれど、いつもに増して可愛く見える楓ちゃんはどう見ても恋をしてる女の子の顔で。メイクや服装にも気合いが入っている気がする。
　そして、塚本くんに気づくとボッと顔を赤くした。
「楓ちゃんっていうんだけど、黒川くんの幼なじみで。ちょっと前に、知らない人に絡まれて困ってるところを、たまたま通りかかった塚本くんに助けてもらったみたいなんだけど……」
　小声で隣の水田さんだけに説明する。

「あーなるほどね……」
　水田さんはすぐに察してくれて、ニヤッと笑った。
「あ、君……」
　塚本くんが楓ちゃんを見て、指を差す。
　塚本くん、気づいた？
「あ、あの、この間は……」
　楓ちゃんが頬を赤らめながらモジモジと塚本くんにそう言う。
「見ない顔だね。黒川の知り合い？」
「……」
　塚本くん、空気読んで！
　塚本くんが意外と抜けているのがわかって、楓ちゃんは少し涙目になったけど。
「いや、勝負はここからだよ沙良」
　と低い声で自分にそう喝を入れてから、塚本くんの隣へ向かった。
「俺達も行くかっ！」
「うん……」
　もういい雰囲気の愛葉くんと水田さんも並んで歩き出す。
「……黒川くん」
　みんなと少し距離ができて、ふたりきりになったので隣の黒川くんに話しかける。
「ん？」
「これから、たくさんたくさん楽しい思い出を作ろうね」

「あぁ」
「一緒に、黒川くんと一緒に作りたい」
「俺も」
　そう言って私達は見つめ合って。
「その代わり条件がある」
　黒川くんが少し不敵(ふてき)な笑(え)みを浮かべてそう言った。
「姫野さんから……今、俺にキスしてよ」
「えっ!?　無理だよ!　無理、無理……」
　こんなたくさん人のいるところで……。
「じゃあ、楽しい思い出作らないっ」
　黒川くんは子どもみたいにプイッと顔をよそに向けるとそう言った。
　もう……黒川くんは、時々こんな風に大人気ないことを言う時があるからな……。
「じゃあ」
　黒川くんは子犬みたいな顔をしてこちら見つめた。
「な、何?」
「南夏って呼んで」
「えっ?」
　それもちょっと恥ずかしいけど……。
　人前でキスするよりも全然ましか。
「いいよ」
「やったっ!」
　黒川くんがうれしそうに微笑む。
　その笑顔を見たとたんに心臓がドキドキし出す。

やっぱり冷静に考えたら、これも恥ずかしいかも。
でも……。
私もずっと下の名前で呼びたいと思ってたんだ。
「な……な……南夏……」
小さな声でそう呼んでみる。
「何?」
何って……。
黒川くんが呼んでって言ったから呼んだのに……。
「南夏……だ……大好きだよっ……」
「……っ!?」
私はそう言って、思い切り背伸びをして、黒川くんの頬に軽くキスをした。
「姫野さんのそういうとこ、本当ズリィ」
黒川くんは顔をまっ赤にしてそう言った。
きっとそれは。
おあいこだよ。
南夏。
心の中で、もう一度呼んでみる。
私だって。
自分ばっかりドキドキしてるみたいで。
ほんの少し悔しいんだから。
黒川くんは首筋を掻くと、まだ赤みが引かない頬のまま、私の手をギュッと握りしめた。

番外編1

夏は別れの危機!?

【side 沙良】
「ねぇ、黒川くん」
「……」
「もう少しで授業始まっちゃうよ？」
「……」
「黒川くんってば」

　衣替え期間が終了して、みんなが完全に夏服を着はじめている高校生活最後の７月上旬。

　ここは学校の屋上。

　校庭の周りに生い茂る木にいるセミ達がミンミンとうるさくて、暑さをよけいに感じさせる。

　私は片方の耳に髪の毛をかけて下を向いて、膝の上で寝てる大好きな彼を起こす。
「んー」

　体を動かした黒川くんがいつ起きてくれるかな？　と見ていたら、寝返りを打って、そのまま私の腰に手を回してからまた気持ちよさそうに寝息を立て出した。
「も〜黒川くんったら……」

　そんな風に平然と言ってるけど、心臓はドキドキしている。

　付き合って半年以上たつっていうのに、黒川くんの言動にはまだいちいちドキドキしちゃう。

ずるいよな……黒川くん。
　眠っている彼をこんな風に独り占めできることが、すごく幸せ。
　学校の女の子達は、黒川くんのこの寝顔を見ることはできないんだもん。
　今は唯一、黒川くんと学校の屋上で過ごせる、大好きな休み時間。
「好き。黒川くん」
　そう、静かに彼に呟いてみると、膝の上で寝ていたはずの彼が、突然上半身を起こしたかと思うと。
　──チュッ。
「沙良のそういうところ、本当にずるいから」
　耳をまっ赤にした黒川くんは、吐息がかかるくらいの至近距離で私にそう言った。
「わっ！　ず、ずるいのは黒川くんだよ」
　不意打ちでキスするなんてずるい。
　寝てると思ってたのに……。
　さっきの呟きを聞かれていたのかと思うと、恥ずかしくなる。
「そんな顔しちゃう沙良のほうがずるいよ」
「……っ」
　黒川くんは私の顎を優しく持ち上げて、またキスをした。
　何度もしてるけど、やっぱり毎回苦しくなるくらいドキドキしてしまう。
　そのたびに『私は黒川くんのことが好きなんだ』って実

感できて、それがまたうれしい。
「授業、出なきゃ」
「やだな。もっと沙良といたい」
　彼はそう言って、私のことをギュッと抱きしめる。
　7月で蒸し暑いはずなのに、黒川くんに抱きしめられているときの温もりには暑さなんて感じない。
　むしろ、心地よくて『もっと』って言いそうになる。
　黒川くんがあんまりストレートにものを言うので、またうれしくなっちゃうし。
「ダメだよ。お母さんと約束したでしょ？　授業に出るって」
「そんな可愛い顔で言われちゃったら、出るしかないじゃん」
「……う」
　黒川くんは私のおでこに優しくキスをすると立ち上ってから、私の手を取って立たせてくれた。

　セーーーフ！
　チャイムが鳴りおわったタイミングで教室に着いたけれど、まだ先生は来てなかったので、私はホッと息を吐いてから自分の席に座る。
　3年生になっても、黒川くんとはクラスが離れたままだったけど。
「沙良おかえり」
　そうやってうしろの席から私の名前を呼んでくれる子が

いるから、乗り越えられるんだ。
「美蘭ちゃん、ただいまっ」
　私は振り返って、去年から仲良しの水田美蘭ちゃんにそう言う。
「まーった、彼とイチャイチャしてたんでしょー？」
　えっ!?
「だ、だって～」
「好きなんだもんね～黒川くんのこと」
　美蘭ちゃんは、去年は学級委員で、なかなかクラスになじめなかった私を気遣ってくれた子。
　長い黒髪は艶があって綺麗で、身長もスラッと高くて、『美しい』って言葉がよく似合う。
「……う、うん。好きだから……仕方ないよ」
　ゆでダコのように顔をまっ赤にしながらそう言う。
　私の気持ちをわかってて、わざと今みたいに意地悪な質問をするのは最近の美蘭ちゃんのブームらしい。
「あぁ、ダメ。その顔ほんっとダメ。私、女だけど沙良のこと押し倒したいって思っちゃった」
　美蘭ちゃんはそう言いながら目頭を押さえて、私に右手の手のひらを見せた〝ストップ〟のポーズをした。
　お、お、押し倒したいって美蘭ちゃんっ!!
　私の顔の赤みは冷めやらないまま、みるみるうちにまた熱をもちはじめた。
「美蘭ちゃんだって……音楽くんと……」
　去年、みんなで遊園地へ出かけたあとすぐに、付き合う

ことになった、美蘭ちゃんと黒川くんの幼なじみの音楽くん。

　私はふたりのやりとりが大好きだし、この間だって、ふたりが教室でキスしちゃってるところをたまたま見ちゃって、黒川くんにうしろから、『子どもは見ちゃダメ』って手で目隠しされたこともあったっけ。
「べつに……普通だよ？」
　言葉自体はクールな美蘭ちゃんだけど、その顔はほんのりピンク色で、幸せだっていうのが伝わってくる。
　——ガラッ。
「ほーい、授業が始まるぞー！」
　遅れてきた先生の声が響くと、ざわざわしてたクラスがどんどん静かになっていく。
　私と美蘭ちゃんもみんなに混じって、話すのをやめた。
　昼休みは大好きな彼と過ごせて、仲良くしてくれる友達もできて。
　姫野沙良、高校生活楽しんでますっ！

「「「「「別荘!?」」」」」
　放課後、黒川くんと音楽くんが働いてる『cafe ciel』で、いつものメンバーが集結する。
　楓ちゃん以外の全員が目を見開いていた。
「いや、そんなに驚かなくても」
　黒川くんの幼なじみで、今、黒川くんと同じクラスの塚本くんに片想い中の楓ちゃんが、ひとり冷静にそう言った。

「いや、驚くよ。だって、別荘のある家庭なんて……」
　青ざめた顔の美蘭ちゃん。
　そんな顔にもなるよね。私達凡人(ぼんじん)からは想像しきれないお話だもん。
「パパがね、今年で高校生活最後なんだし、みんなが進路(しんろ)のことで忙しくなる前に一度くらいハメ外(はず)せばって。別荘の近くはプライベートビーチだし」
「うぉー！　パパさん最高じゃーん！　美蘭ちゃん、一緒に海に入ろうねっ！」
　音楽くんが飛びはねながらそう言うと、美蘭ちゃんの両手をギュッと握った。
「はー？　入んないし……って言うか──」
「なんで？　え、俺達付き合ってるよね？　美蘭ちゃんのビキニ姿みたいな〜、あ！　沙良ちゃんのビキニも」
　ひとりだけ異常に舞いあがってる音楽くんは、美蘭ちゃんの話を最後まで聞かずにしゃべり出す。
「音楽くん、はしゃぎすぎだよ〜」
「え〜だって楽しいじゃーん！」
「おい、音楽。てめぇ、人の女のこと卑猥(ひわい)な目で見てんじゃねーぞ。水田がいるっていうのによ」
　カウンターの方で、店長のけんちゃんと遠くから私達を黙って見ていた黒川くんが、鋭いにらみをきかせながらやっと口を開いた。
「え、なんでそんな怒るわけー？　楽しみだね〜ってよろこんでただけじゃーん！　そんな怒ってばっかりだと、幸

せが逃げてくぞ！　このヤキモチバカっ！」
　音楽くんはそちらへと向かっていくと、黒川くんの横腹をツンッと触ってそう言った。
「あの～」
「んだよ」
　音楽くんにからかわれて不機嫌な黒川くんは、一部始終を黙って見てた塚本くんの控えめな声に低い声で答えた。
「はっ！　いや、えっと……」
　黒川くんのことをまだ若干恐れてる塚本くんは、目をキョロキョロさせながらしゃべり出す。
　塚本くんは、一度、私と学園祭の買い出しに行こうとしたのを黒川くんに見つかって、逆鱗に触れたことがある。
　それがきっとトラウマなんだろう。
「さっき、水田も言いかけてたけど……俺らの学校、生徒の課外活動としての集団外泊には学校の先生か親が同伴しなきゃいけないんだよ？　黙ってるとバレた時にやばい」
「はっ!?　なにそれ!!!!」
　楓ちゃんが大きな声で驚く。
「は、塚本、おま、何ふざけたこと言ってんだよ」
「本当だよ、音楽」
　変な歩き方で塚本くんにふざけて絡んだ音楽くんに、美蘭ちゃんがちょっと残念そうな顔をしてそう言い切った。

「あ～あ。行きたかったな……みんなで別荘」
　帰り道、肩を落としながらそう呟く。

「校長に頼んでみる？　俺が言えば特別に……」
「それはダメだよ……いくら黒川くんのお父さんだからって、特別扱いは……」
「んーだよね」

　私達の校長先生は、黒川くんのお父さんでもあるから、彼は特別に屋上の鍵を借りたりなんかしてるけど……人数が多いと話は別だ。

　学生だけの外泊で、何か問題が起きればそれこそ面倒なことになるし。
「私達の担任の先生は絶対そういうのついていってくれなそうで……親に言うのもやだし」
「俺らの担任も無理だろうな」

　あぁ、やっぱり卒業まで諦めたほうがいいのかな……。

　──ガチャ。
「ただいま～！」

　あれ？

　玄関を見ると、見慣れない男性用の靴が1足綺麗に並べられていた。

　お客さん……来てるのかな？
「お母さ～ん、誰か来て……」
「おかえり、沙良っ！」

　なんだかすごく懐かしい声が私の名前を呼んだ気がして、リビングのソファに座る人影に目を向ける。

　そこには、黒い短髪がよく似合うメガネをかけた男性が、

スーツ姿でお母さんのいれた紅茶(こうちゃ)を飲んでいた。
　嘘っ……。
「こうちゃん!?」
「おぉ、よかったー。忘れられてたらどうしようかと」
　目の前の彼は、爽やかな笑顔でそう言った。
　えぇ！
　なんでこうちゃんがこんなところに!?
　最後に会ったのは、もう９年前のことか……。
「覚えてるよ！　ずっと一緒に遊んでたもん！」
「うれしいね〜。それにしても、沙良はずいぶん可愛くなったね〜。シスコン兄貴も心配だろ？」
　こうちゃんは反対側のソファに座るお兄ちゃんにそう言った。
「お前みたいなのが来ると、よけいなっ！」
「冬李は相変わらず口が悪いよね〜」
「てめーが沙良のこと変な目で見るからだろ！　昔からお前は……」
「はいはいっ！　ふたりともケンカしないの！　せっかくまた一緒に過ごせるんだから、今日は歓迎会(かんげいかい)よ」
　へ？
　お母さんのセリフに私はカチッと固まる。
　歓迎会？
「こうちゃん、しばらく日本にいるの？」
　たしか社会人になってアメリカにある会社で働いてるって……。

「洸くん、今日からここに住むのよ？」
　はい？
　お母さん、何を言ってるの？
「そして明日から、俺は沙良の学校の先生です」
　ニコッと笑うこうちゃん。
「え——!!!!」
「海外での仕事は父さんの手伝いをしてただけで。後任者が決まってからはこっちに帰ってきて、日本の大学でとった教員免許をいかしてもう2年くらい先生やってるよ」
「うわーそうなんだ。てっきりこうちゃんはおじさんの仕事を継ぐんだとばっかり……」
「いや……俺はずっと教師になりたかったからね」
「ロリコンだからだろ？　捕まれ」
　とお兄ちゃんがツッコんだけど、こうちゃんはいつものように華麗に無視した。
「で、どうして私の学校の先生に？」
「うん。今回は2カ月間だけの臨時教員として来たんだ。短い期間だけだし、どっか借りるよりもこっちにお世話になろうかなって」
「へ〜」
「図々しい奴。沙良、いいか？　こいつはマジで危険だから気をつけろ？」
「お兄ちゃんは、どうしてそんなにこうちゃんのこと……」
「キモいからに決まってんだろ！　高校生の奴が毎日のように小学3年生の妹に会いにきていたあの毎日を、俺は地

獄の日々と呼んでるよ」
「心配性だな～冬李は」
「うるせー！　子どもながらに恐怖だったぜ……だからお前がアメリカに行くって聞いた時は、それはそれは安心したもんさ……」
「まぁ、会えなかった９年ぶんたっぷり可愛がるつもりだけどね～」
「変態(へんたい)っ！　母さんも父さんもちょっとは警戒(けいかい)しろよ！」
「そんなこと言ったって、洸くんは昔から賢いし、面倒見がいいし」
「正直、冬李より頼りになるのよね」
　とお父さんとお母さん。
「うぉーい！　なんなんだ！　実の息子を目の前になんてことを！　ふんっ！　まぁいいさ」
　お兄ちゃんは突然ドヤ顔をしながら足を組み出す。
「いいか？　洸、よく聞け。沙良にはもう心に決めた男がいるんだ。だからお前がなんと言おうと、沙良はお前のものにはならないぜ？」
　もう、お兄ちゃんったら……みんなの前でそんなこと言わなくたって。
「え、彼氏？」
　こうちゃんにそう聞かれて、ちょっと恥ずかしくなりながらもしっかりうなずく。
「へぇ……沙良に彼氏ね……」
　小さくそう呟いたこうちゃんに、お兄ちゃんは「どーだ！

参ったか!」とうるさい。
「はいはい。わかってるよ。沙良がもう俺の妹じゃないってことくらい」
「初めからお前の妹じゃないけどー!?」
「沙良、荷物運ぶの手伝ってくれる? 野蛮なゴリラがジャマして全然まともなおしゃべりできないからさ」
「あー!? てめぇー! 誰がゴリラだー!」
「やめなさい、冬李」
「うぅー! だってー!」
「ほら、沙良。洸くんを手伝ってあげて」
「うん」
　私はお母さんに促されてから、こうちゃんの荷物を持って、ふたりで家の奥へと向かった。
「ごめんねー、こうちゃん。お兄ちゃん本当は、こうちゃんに会えてうれしいんだよ? ほらあんな感じだから、こうちゃんが引っ越してから全然友達ができなかったし」
「んーどうだろう? 俺のことがあってトラウマで友達作れなかったんじゃない?」
「えっ?」
「友達作ったら、そいつに妹を取られるんじゃないかって」
　っ!?
　こうちゃんが、私の頬に手を添えながらそう言うので、びっくりして目をパチパチさせてしまう。
「あ、ここ……。ちょっと小さい部屋だけど……」
「うん。知ってる。よくかくれんぼしてたし」

慌てて、着いた部屋を指差すと、こうちゃんは優しい声でそう言った。
　かくれんぼ——。
　そうだ。
　こうちゃんはずっと、私とお兄ちゃんの遊び相手になってくれてたっけ。
　昔はお母さんも仕事をしていて、両親共働き(とものはたら)で寂しい思いしてた私達のために——。
「あの時は、俺も母さんが亡くなったばっかりで、父さんもとっても忙しくて家にいなくて……引っ越してきたばかりで学校にも全然なじめなかった。だからふたりと遊んでたあの時間がすごく幸せだったんだ」
　……こうちゃん。
　私達が一緒に過ごしていた時間のことを思い出す。
　そうだ……。
　あの頃のこうちゃんは、もっと大人しくて本が大好きな人だった。
　その頃に比(く)べたらずいぶんしゃべるようになったし、明るくなったのかも。
「私も、楽しかったよっ！」
「っ……」
「こうちゃん？」
　こうちゃんが突然、バッと不自然(ふしぜん)に目をそらすので、私は顔をうかがおうとした。
「そういう無自覚なところ、昔から変わらないんだね、沙良」

「えっ……?」
「ううん。なんでもない。ただいま沙良」
　っ!?
　こうちゃんは耳もとで優しくささやくと、ギュッと私を抱きしめた。
「うわっ」
「それで沙良……彼とはどこまでいったの?」
「ど、どこまでって……」
　体を離して聞いてきたこうちゃんに、私は顔をまっ赤にしたまま目をそらす。
　なんでそんなこと、聞くの……。
　恥ずかしくて顔の熱が冷めない。
「フフッ、冗談だよ。からかっただけ」
「へ……」
　こうちゃんは私の頭に手をポンと載せると、爽やかな笑顔を向けて、案内した部屋に入っていった。

「初めまして。臨時教師としてこのクラスの副担任になりました。藤枝洸です」
　翌日。
　朝のHRで私達の教室の教壇でそう挨拶したのは、こうちゃんだった。
　女子達は一斉に「カッコいい」と騒ぎ出すし、男子達は「何歳ですか?」「彼女いるんですか?」なんて質問をやめない。

こんな偶然。
　こうちゃん、担当するクラスに私がいること知ってたのかな？
　いや、知らなかった？
「……っ！」
　バッチリ目が合ったけど、こうちゃんは驚いたりせずに、逆にニコッと笑顔を見せた。
　あぁ、あの顔は……。
　知ってたけど、わざと言わなかったな〜。
「25歳です。彼女はいません。作る気もありません」
　みんなの質問にビシッとそう答えたこうちゃん。
　それにしても……もうすぐ夏休みだし、夏休み明けたらすぐ帰っちゃうんだよね。
　こうちゃんと学校で会えるのは少しかも。
　家では毎日会えるけど……。

「えぇー！　藤枝先生と幼なじみ!?」
「とは言っても、遊んでたのはほんの少しの間だけなんだけどね。お父さんと引っ越してきて、そのあとしばらくしてからまたすぐ引っ越しちゃったから」
「そうなんだ……それで今、沙良の家にいるわけ？」
　お昼休み、中庭で美蘭ちゃんにこうちゃんの話をする。
「うん」
「あら〜、でもそれ黒川くんが聞いたら、すごく怒るんだろうな〜？」

「俺が何聞いたら怒るって？」
「うわっ！　黒川くん！　なんで!?」
　ベンチのうしろから突然顔を出した黒川くんに驚く。
「教室にいなかったから。つーか、何。俺が怒る話って。おい水田」
「ひっ！」
　黒川くんの声で美蘭ちゃんがびっくりする。

「よし、校長に言って、そいつを今すぐ学校から追い出す」
「ちょ、黒川くんっ！」
　こうちゃんの話を聞いた黒川くんが、すごい険悪（けんあく）な顔で歩き出そうとするので、慌てて腕を捕まえて止める。
「だいたいおかしいんだよ。もうすぐ夏休みだっていうこんな時期に臨時教師なんて。そんなの、夏休みに沙良になんかしようって魂胆しかねーだろ」
　相変わらず心配性で深読みしすぎる黒川くん。
「なんかって……なんにもないよ……こうちゃんは大人だし……私のこと親戚の妹くらいに思ってるからさ……」
「冬李さんは？」
「え？」
「そいつのことなんて言ってんの」
「え……っと」
「沙良のお兄さんがどう思ってるのかで、どうするか決めるよ」
　うわぁ……。

黒川くん、痛いところをついてくるな……。
　お兄ちゃんはこうちゃんのことを、あんまりよく思ってないし、もしそのことを伝えてしまったら、確実に黒川くんは校長先生であるお父さんにこうちゃんのこと話すだろうし……。
「仲良しだよ、すっごく!!」
　慌ててそう答える。
　嘘なんかじゃない。
　あんなこと言ってるけど、こうちゃんが引っ越す時に一番寂しそうにしてたのはお兄ちゃんだし。
　ケンカするほど仲がいいって……。
「黒川くんも、こうちゃんと話せば絶対大丈夫だって思えるよ！　すっごく優しから！」
「沙良は鈍感だから、その言葉は信用ならない」
　──グサッ。
　彼氏に信用されてないって……。
「沙良っ」
「えっ」
　顔を上げると、突然私の視界が黒川くんのアップでいっぱいになり、唇にやわらかいものが触れた。
　黒川くんったら!!
　美蘭ちゃんの目の前でなんてことを!!
「だから……昔の知り合いだからって気をゆるめないように。じゃなきゃこうやってすぐに手を出されるよ」
「黒川くん……こんなところで！」

気持ちはうれしいけれど、ちょっと怒ったフリをする。
　私と黒川くんのやりとりを見ていた美蘭ちゃんも顔がまっ赤だ。
「水田、沙良の監視(かんし)よろしくね」
「あ、う、うんっ」
　黒川くんは私達に手を振ると、校舎の中へ帰っていった。
「うわ〜ラブラブだね〜、人前であんな堂々と……」
　隣で美蘭ちゃんが引いている。
「そんなこと言ったら、美蘭ちゃんと音楽くんだって！」
「私は人前であんなことされたら、１発殴るもん」
「うぅ」
「どこでも誰がいても、受け止めちゃう沙良も沙良よね〜」
「そんな……」
　仕方ないじゃん。
　うれしいんだもん。
　好きな人からのキスなんて……やっぱりいつだってドキドキしてハッピーになる。
「そういえば……なんで沙良は黒川くんのことをいまだに苗字で呼んでるの？」
　不思議そうに首を傾げて美蘭ちゃんが聞いてきた。
「えっ、それは……」
「音楽のことは下の名前で呼ぶよね？」
　美蘭ちゃんの彼氏であり黒川くんの幼なじみでもある愛葉音楽くん。彼のことを名前で呼んでるのは……。
「美蘭ちゃんが名前で呼んでるし、音楽くんもそう呼んでっ

て言ってくれたから」
「じゃあ黒川くんは？」
「……それは」
　たしかに黒川くんにも『名前で呼んで』って時々言われる。
　だけど……。
「いざとなると恥ずかしんだよね。意識しすぎちゃうっていうか……」
「何そのピュアすぎる理由」
「だ、だって〜」
　本当に恥ずかしいんだもん。
　このドキドキには、全然慣れないよ。

「別荘？」
「うん。でも私達の学校、生徒だけでの外泊は基本、先生か親が一緒についていないと無理なんだって……親に頼みたくないし、どの先生達もみんな面倒くさがってついてきてくれないから諦めるしか……」
　夜、夕飯を食べ終わって、私の部屋でこうちゃんに楓ちゃんちの別荘の話をする。
「俺……行こうか？」
「えっ」
　机にスケジュール帳を広げてにらめっこしてた私は、驚いてベッドに座るこうちゃんの方へ振り返る。
「で、でも、でも、でも！　夏休み中、先生は学校の仕事

とか多いんじゃないの？」
「いや、俺はなんかあった時のためにすぐに駆けつけるための臨時教師だし」
「……なんかあった時」
「生徒が休み中に問題起こした時に、一番に駆けつけるための。ほら、正直、ほかの先生達もそういうの面倒くさがって行きたがらないんだよね。自分達の予定とか仕事もあるし」
「うん」
「だから、ほら、臨時教師の俺がそういうのについていくの、ぴったりじゃない？　そのために来たようなもんだよ」
「え……本当にいいの!?」
「学校にずっといるよりマシだよ」

　そう言ってこうちゃんは無邪気に笑う。
　カッコよくなったな……こうちゃん。
　昔もカッコよかったんだけどね。

「ダメに決まってんだろ！」
「へっ!?」

　ドアの方から大きな声がして、私とこうちゃんは同時にその方向に目を向ける。

「お兄ちゃん……」
「沙良！　絶対ダメだ！　こんなロリコン男！　絶対に連れてっちゃダメだ！　襲われるぞ！」

　お兄ちゃんは、ズカズカと部屋に入ってくると、私とこうちゃんの間に入って、こうちゃんが私に近づけなくなる

ように盾になる。
「シスコン男にロリコン呼ばわりされるなんてねぇ……。俺より冬李の方が数倍危険だと思うけど？」
「あぁ？　俺は大事な妹をケダモノから守ってるだけだ！」
「ちょっとお兄ちゃんっ！　勝手なこと言わないでよ。きっと、こうちゃんがついていってくれるって言えば、みんなよろこぶよ」
「沙良……」
「高校最後の夏休みなんだよ？　絶対楽しい思い出作りたいよ。すっかり諦めてたけれど、こうちゃんのおかげで今すっごくうれしいもん」
　私は必死にお兄ちゃんに訴える。
「……でも」
「冬李、沙良はもう小学生じゃないんだぞ？」
　腕組みしたこうちゃんが少し呆れた顔でお兄ちゃんを見る。
「うるせーよ」
「心配するのもわかるけど、俺はこれでも教師だし、少し信用してくれてもいいと思うんだけど」
「……」
　お兄ちゃんが私を心配してくれるのはありがたいけど、こうちゃんが言うように私はもう高校生だ。
　今回くらい……。
「わかった。でも、沙良に何かあったらマジで許さねーから。黒川くんに毎日近況報告してもらうし」

しぶしぶと答えるお兄ちゃん。
ちょっぴり寂しそうな顔をして私の頭をくしゃくしゃっとすると、部屋をあとにした。

「うわー！　マジ!?　俺ら別荘に行けるの!?」
「音楽、それ聞くの10回目」
　楓ちゃんが呆れたように、はしゃいでいる音楽くんにそう言った。
　放課後、『cafe ciel』でいつものメンバーと、スペシャルゲストのこうちゃんが集まった。
　こうちゃんが、楓ちゃんのお父さんの別荘につきそってくれるって伝えたら、みんな一斉に口もとがゆるんだ。
「高校時代の最後に、いい思い出ができそうだね！」
「う、うん」
　塚本くんがそう笑いかけると、楓ちゃんの頬が少しピンク色になる。
　いつも、音楽くんや黒川くんと口ゲンカばっかりしてる楓ちゃんだけど、塚本くんの前では乙女になる感じがすごく可愛い。
「南夏もやったな！　沙良ちゃんの水着姿見れるぞ！」
「黙れ」
　あれ……なんだか黒川くん、怒ってる？
「そうだ、水着！　3人で買いに行こうね！」
「うぉー！　最高！　ナイス楓！」
　楓ちゃんがパァっと顔を輝かせて提案すると、音楽くん

がまたワイワイと騒ぎ出した。
「沙良、たくさん友達できてよかったね」
　楽しそうに盛り上がるみんなのことを、笑顔で見ていたこうちゃんが、そう言った。
「うん。これも全部、黒川くんのおかげなの。あ、黒川くん! ちょっと来て!」
　いつものようにカウンターのすみにいた黒川くんの手を引っ張って、こうちゃんの前に連れていく。
「改めて……こちら、か、か、か……」
　いざ、こうちゃんに黒川くんのことを紹介しようとしたら、急に恥ずかしくなって『カレシ』の３文字がなかなか出てこない。
「婚約者の黒川南夏です。話は沙良から聞いてますよ。こうちゃん先生」
　こ、こ、こ、こ、婚約者!?
「ちょ、黒川くん!?」
　慌てて隣の黒川くんを見る。
「何？　なんか間違ったこと言ってる？　俺はそのつもりで沙良と一緒にいるよ」
　もうっ！
　黒川くんったら、こうちゃんの前でなんてこと!!
　恥ずかしくて、顔から耳の先端までまっ赤になっていく。
「へぇ～熱々だね～。まさか、あんなに小さかった沙良が彼氏を作るなんて……正直心配だな……先生」
「おい、人の女に気安く触んな」

こうちゃんがいきなり私の頭を撫でたので、黒川くんが怒る。
「フッ……人の女って。まぁ、いいや。沙良、楽しもうね、夏休み」
「へっ、あ、うんっ！」
　意味深に微笑んだこうちゃんに疑問を抱きながら、一応返事をすると、黒川くんが呆れたようにため息をついた。
　こうちゃんも黒川くんも、今回の夏休みで仲良くなってくれたらいいのだけれど……。
「沙良は俺のだから」
　突然、黒川くんが手を引っ張って、すっぽりと私のことを腕の中におさめると、こうちゃんに向かってはっきりそう言った。
「きゃあ！　南夏くんったら大胆っ！」
　音楽くんがそう言ってふざけて顔を手で覆う。
「それはどーかな」
　こうちゃんは黒川くんに向かって不敵な笑みでそう言った。

【side 南夏】
「わー!! すごーーいっ!」
　かぶっている麦わら帽子を風で飛ばされないように押さえながら、沙良がうれしそうに声を出した。
　立派な別荘に着いて２階のバルコニーに上がると、オーシャンビューが広がる。
「黒川くんっ!　綺麗だねっ!」
「お、おう」
　そう言ってこちらをキラキラした目で見る沙良に『綺麗なのは沙良のほうだ』とすぐツッコんでやりたくなったのを飲み込む。
　俺はちょっと怒っているんだから。
　無自覚っていうのは恐ろしい。
　ここに来るまで乗ってきた電車やバスの中でも、沙良はずっと……。
「うわ〜本当にいい眺めだなっ!」
　大嫌いな声がうしろからしたと思うと、声の主は、白のオフショルダートップスを着た沙良の肩に触れていた。
「あ、こうちゃん!　本当に素敵だよね!」
　終始、笑顔でこいつとしゃべる沙良にも、何かと沙良の隣をウロウロしてるこいつにも、イライラする。
「でも……沙良の方が素敵だよ。水着楽しみにしてるし」
「ちょっとー!　やめてよ〜」
　これじゃ、どっちが沙良の彼氏なのかわからない。
　しかも……俺が言いたかったセリフ。

先生がそんなこと言っていいのか!?
「藤枝先生〜！　ちょっといいですか？」
「あ、今行きます！　じゃ、またね、沙良」
「うんっ」
　水田に呼ばれた藤枝は沙良の頭をポンポンとしてから、ベランダを後にした。
「まさかこんなに大きい別荘なんて思わなかったよ。さすが楓ちゃんだね！　海もすんごく――」
「沙良」
　うれしそうにしゃべる沙良の声を遮って、低い声で名前を呼んだ。
「……ん？」
　こうやって首を傾げる仕草だけでも……。
　可愛すぎて、怒ってるのをすべて忘れてしまいそうなくらい好きが増してしまう。
　でも、俺にだけ見せるならいいけれど、その行為を自覚なしでほかの男にもやってしまうから大問題だ。
「あいつのことどう思ってんの？」
「あ、あいつ？」
　ほら……。
　この流れだと、確実にあいつと言えば決まってるのに。
「藤枝」
「あぁ、こうちゃんか！」
　その呼び方も気に入らない。
　俺のことは、なかなか名前で呼んでくれないくせに。

「優しいお兄ちゃんみたいな存在だよ！」
「兄貴は水着姿を見たいなんて言わない」
「いや、まぁ、そうだけど」
　まぁ、冬李さんの場合『誰にも見せたくない』って理由で水着になるのを許さないと思うけど。
「前にも言ったけどさ、沙良は鈍感すぎるよ。もっと女の子としての自覚をもたなきゃ。たとえ昔の知り合いでも兄貴みたいな存在でも──」
　俺はそう言って、沙良の顎を指で持つ。
「く、黒川くんっ」
　目をキョロキョロとさせて頬を染める目の前の彼女にまた惑わされる。
「いつケダモノになるかわかんねーよ？」
「うっ、黒川くん、近いよ……」
　沙良はなぜか俺のことを見ようとしない。
「沙良がこっちを見るまでやめない」
「ううっ……恥ずかしいよ」
　もう付き合って結構たつのに、沙良はまだこういう触れ合いに慣れてはくれない。
　俺に触れられると過剰に反応するくせに、あいつに触れられても普通なんだよな……。
　どういうことなんだ。
　本当はもっと、俺だって……。
「ちょっと南夏！　こんなとこで沙良のこと襲わないでくれる？」

ベランダの扉が開くと、そこには幼なじみの楓がこっちをにらんでいた。
「はぁ？　襲ってねーよ」
　彼氏が彼女とイチャイチャしてて何が悪いんだよ。
「とにかく、今日は女子でご飯の支度するから、男どもは先に海で遊んでてくれる？　ほら、沙良行こっ！」
「あ、うん！　じゃあまたね、黒川くんっ！」
　楓に腕を掴まれた沙良は、サラサラの栗色の髪を麦わら帽子の下からなびかせながら、別荘の中へと入っていった。
　まったく……どいつもこいつも……。
　藤枝がいなきゃ、もっと楽しく過ごせていたのに。
　あいつがわざとらしく沙良に触れる感じ……。
　絶対に沙良を狙ってるようにしか見えない。
　俺が守らなくちゃ。
「すげーしけた顔してるー！　南夏ー！」
　――パシャッ。
　海のほうへ降りると、もうとっくに海に浸かってた音楽に海水をかけられた。
　俺のイライラが増す。
「どうかしたの？　黒川」
　塚本が遠慮がちに聞いてくる。
「……べつに」
　お前は楓のことだけ考えてろよ。
　俺だって一応、幼なじみの楓には幸せになってもらいたい。

「でも本当、藤枝がいてくれてよかったよなー！　女の子達のスクール水着じゃないビキニ姿が見れるのは藤枝のおかげだぜ？　マジ感謝！」
　バカな音楽にはとくにわかってもらえないだろう。
　やっぱり海になんか入んねー。
　気分じゃねえ。
　俺は、波打ち際から離れてレジャーシートが敷かれたところへ移動する。
　げ。
　レジャーシートの上には大嫌いな奴が座ってこちらに「よっ」と手を挙げていた。
　マジでなんなんだ……こいつ。
「今、女の子達はキッチンでとっても楽しそうだからジャマしないほうがいいよ」
　シートを通りすぎて別荘に戻ろうとしたら、藤枝にそう言われた。
「チッ……」
　舌打ちをしてから、少し離れて藤枝の隣に背を向けて座る。
　マジでありえねぇ。
「うれしいよ。黒川くんがあんなに沙良を大事にしてくれて。昔の沙良は……」
　何様の目線だよ。
「あのさ」
　俺の知らない昔の沙良を知ってるアピールをしたいのか

なんなのか知らないけど、ムカついて思わず話を遮った。
「お前、沙良のこと好きなの?」
「目上の人に対して『お前』はないんじゃないの〜黒川くん」
　ニコニコしながらそう言う感じが本当に腹が立つ。
「その質問答える前に、先生からもひとつ質問していい?」
「……んだよ」
　いちいちムカつかせるのがうまいな。
　まるで俺を挑発してるみたいだ。
「どうやってたぶらかしたの?　沙良のこと」
「はぁ?」
　俺は、藤枝をこれでもかというくらいににらみつける。
「うっわ〜図星なのかな?　だからそんなに怖い顔しちゃうのかなー?」
「チッ……。べつにお前に言うことじゃねー」
「ふ〜ん。じゃあ先生も答えないよ。沙良のこと恋愛対象として見てるのかどうか」
　わざとらしく『恋愛対象』のところだけ強調させるような言い方をした藤枝にまたイライラが募る。
　どうして沙良はこんな奴になついてるんだ?
「ほら、沙良って危なっかしいところがあるじゃん。だから心配なんだよね。突然紹介された彼氏の髪の色が銀髪で、口も相当悪いとかさ。しかも先輩に暴力振るって停学処分になったんだって?」
「なんでそれを俺に聞くんだよ。沙良本人に聞けばいいだろ。なんで俺なのか、なんて」

「へぇ〜聞いていいんだ?」
　なんだそれ。
　にくたらしい不敵な笑みを浮かべてこちらを見る藤枝。
「じゃあ、そうするよ。お互い楽しもうね、夏休み」
「………」
　藤枝はレジャーシートから立ち上がると、サンダルを脱いで音楽達のいる海に走っていった。
「あーすげー腹立つ」
　小さくなっていく藤枝の背中に、低い声でそう呟いた。

【side 沙良】
　うっ……。
　お昼ご飯中。
　斜め前に座る黒川くんが、バチバチと音が聞こえそうなにらみをきかせながら、私の隣に座るこうちゃんを見ている。
「おい」
　その低い声に、食事を楽しんでたみんなまでシンと静かになった。
　黒川くん、すっごい怒ってるよ……。
「なんでこいつが沙良の隣なの」
　黒川くんはまだカレーを触ってないスプーンをこうちゃんに向けながら、そう言った。
「こいつって……」
　と黒川くんの発言にびっくりした顔をするこうちゃん。
「すまんね〜藤枝先生！　南夏、沙良ちゃんのことになるとすぐマジになって怒るから。ね、沙良ちゃん」
「えっ!?　あ……はぁ……」
　音楽くん、いきなり私に振ってくるんだもん。びっくりするよ。
　——ガタッ。
　黒川くんが突然、椅子から立ち上がった。
「あれ、黒川くん食べないの？」
「食欲ない。こいつの顔見ながら食べるとか無理」
「え……そこまで言わなくても。ごめんね、こうちゃん。

黒川くん普段はこんなに……」
　私はふたりに仲良くしてほしいのに。
「なんで、沙良が謝るの」
「えっ、それは……」
　いつになく黒川くんが険しい顔でこちらを見ていて、なんだか怖い。
「まぁまぁまぁー！　仲良くしようべ！　おい南夏！　藤枝先生のおかげで沙良ちゃんと海に来れたんだぞ!?　それもお泊まり！　ちょっとは感謝——」
「べつに俺は頼んでねー。こいつなんかいなくたって……」
「ちょ、黒川くんっ！」
「いいよ、沙良。あんなひねくれ屋さん、ほっときな」
　私は楓ちゃんに黒川くんを追いかけるのを止められて、渋々と席に座った。
　黒川くん……どうして……。

「さーらっ、そろそろ水着に着替えよ！」
「あ、うん……」
「なーに？　南夏のこと？」
　部屋のベッドで黒川くんのことを考えていたら、楓ちゃんが私の顔をのぞいてきた。
「……うん。私、みんなと楽しい思い出を作りたくて、黒川くんもよろこんでくれると思って、こうちゃんに頼んだのに……いけなかったかな」
「いや！　沙良は間違ってないよ！　現にみんな楽しんで

るよ？　南夏はね、ただのヤキモチ。こうちゃん先生に沙良が取られないか心配なのよ」
　取られる!?
「そ、そんなことあるわけ……！」
「まぁ、心配しちゃう南夏の気持ちもちょっとはわかるけどね〜。沙良の言動はみんな素だし、なおせるものじゃないもん」
　え？
　素？
　なおせるものじゃない？
　な、なんの話!?
「楓ちゃん、どういうこと……」
「いや、たぶん言ってもポカーンとしちゃう沙良の顔が目に浮かぶからやめとく」
「そんなぁ……」
「まぁ、あれだ。今から南夏の部屋に行って、チューのひとつやふたつしてあげれば、すぐに機嫌はなおると思うよ！」
　楓ちゃんは私の肩を掴んでドヤ顔でそう言った。
　チュー!?
　楓ちゃんに無理矢理押されて男子部屋のある２階の階段を上ってきたけれど……。
　やっぱり無理ー!!
　自分からチューとか無理ー!!
　助けを求めて階段の下にいる楓ちゃんを見るけど、口パ

クで「はやく」と言われた。
　これは黒川くんの部屋に行くまで降りられない……。
　そして私は今、黒のフリルがついたビキニの上から、タオル地のパーカーをかぶった格好をしてる。
『これを見せれば南夏の機嫌だって秒でよくなる』
　楓ちゃんのその言葉を信じて。
　──コンコンッ。
　コソコソと廊下を歩いて、右側のドアをノックする。
　さっき美蘭ちゃんに『男子の３人は右の部屋』だって教えてもらった。
「あ、あのね黒川くん、私……」
　開けてもらえないかも……そんなことを思ったから、ドアの前でしゃべり出す。
　さっき、楓ちゃんと考えた『黒川くんと一緒に思い出が作りたい』というセリフを言わなくちゃ……。
「私ね、黒川くんとっ……！」
　──ガチャ。
　あ、よかった。
　ドアの開く音がしたので、もう一度伝えたかったセリフを言おうとうつむいてた顔を上げた。
　っ!?
「沙良、どうした……っ!?」
　な、なんで!?　嘘でしょ……。
「沙良、わざわざ俺に見せにきてくれたの？」
　目の前には、上半身裸でこちらを見てるこうちゃんがい
　　　　　じょうはんしんはだか

た。
　いや、いや、いや、いや、いや!!
　美蘭ちゃん!?　話が違うよ!!
　黒川くんはどこ!?　もしかして、美蘭ちゃん、言い間違えた!?
「いや、あの、部屋を間違えちゃった！　違うの……これはその──」
「間違ってないよ」
「……へっ」
　こうちゃんは、私の右手を軽く捕まえると、グッと顔を近づけてきた。
　な、何これっ!!
「だって俺、さっき言ったもん。沙良の水着姿見たいって。だから俺に会いにきてくれたんでしょ？」
　いや、言われたけどっ!!
　だけどそうじゃなくてっ!!
「いや、違うの。黒川くんを呼びに……」
「ふーん。この格好で？」
「う、うん。一緒に海に……入りたくて」
　へ？　こうちゃん？
　こうちゃんは突然手を離すと、離したその手で自分の顔を覆って私からその顔を背けた。
「こうちゃん？」
「こりゃ怒るよな……」
「……へ？」

こうちゃんが何か言ったけど、よく聞こえなかった。
「いや、なんでもない。とっても似合ってるよ、沙良。だけど、パーカーのチャックは閉めた方がいいと思うよ、沙良、昔からすぐ風邪引くじゃん。念のために」
「へっ？」
　こうちゃんがパーカーのチャックに手をかけて、私の着てる水着が綺麗に隠れた瞬間。
「何してんの」
　大好きな声がするほうを振り返れば、そこにさっきよりも数倍怒った顔をした黒川くんが立っていた。
「あ！　黒川くん！　あのね！」
「沙良、その格好……」
　黒川くんは、私の水着姿に気づくと驚いた顔をしてこっちを見た。
　すっごく恥ずかしいけど……だけど……。
　これで黒川くんがよろこんでくれるなら……。
「じゃあ、先生はまた泳いでくるね～」
　こうちゃんはそう言うと、スタスタと階段を降りた。
　シーンと静かになる。あ、早く言わなきゃ!!
「あのね、黒川くんっ！」
「沙良ちょっと」
「へっ！」
　黒川くんは私の腕を捕まえると、グイッと引っ張ってから、向かいの部屋の中へ入っていった。
「く、黒川くん!?」

き、聞こえてないの？
　黒川くんの力があまりにも強くて、気づけば、私はベッドの上に座っていた。
「ほんっとさぁ」
　黒川くんはトンッと私の肩に額を置くとため息をつきながら話し出した。
　久しぶりに黒川くんと距離が近くなってドキドキする。
　しかも……水着姿……だし……。
　上にパーカー着てるけれど。
「俺のことなめてるよね？　完全に」
「へっ!?　全然!!　なめてなんていない！」
　私がそう言うと黒川くんは顔を上げてじっとこちらを見た。
　黒川くんの視線が、まるで私の肌に直接触れてるみたいですごく恥ずかしい。
「脱いで」
「へっ!?」
「パーカー」
「あ、これは海に行ってから」
「ダメ」
「……え」
「俺だけに見せてよ」
　黒川くんが私のおでこに自分のおでこをくっつけて、そう呟くので、私の顔はどんどん熱をもつ。
「沙良」

「……っ！」
　吐息混じりに耳もとで私の名前を呟く黒川くんはずるい。
「沙良、早くしないとみんなここに帰ってくるよ。俺のため、なんでしょ？　その格好」
「うっ、うん」
　黒川くんは、やっぱりなんでもお見通しだ。
　私の気持ちをわかってくれてうれしい。
　ちゃんと汲みとってくれる。
　私は恥ずかしいけれど、パーカーのチャックを下ろす。
　手が少し震えた。
　チャックをすべて下ろしおえると、黒川くんはまた目を大きく見開いた。
「あ、あの、そんなに見られると……」
「なんで。俺のために着てるのに。パーカーを脱いで」
　ずるいよ。そんなこと言われたら……。
　私は、ゆっくりとパーカーを脱いでいく。
「はいっ、脱いだよ？」
「っ、うん。よくできました。もう着ていいよ」
　黒川くんは優しく私の肩に触れると、顔を近づけてきた。
　目をつぶった黒川くんはやっぱりすごく綺麗な顔をしていて。
　カッコいい……と思わず見惚れてしまう。
　だんだんと近づくその距離に合わせて、目をつむると、私の唇に優しく彼の唇が触れた。

「……っん」
　胸がドキドキとうるさくて、体中が熱くなる。
　もう何度もしてるのに、黒川くんとのキスはいつも特別でうれしくて、涙が出てきそうになるほど。
　ゆっくりと唇が離れると同時に目を開けると、トロンとした瞳でこちらを見つめる黒川くんが目の前に。
「チャックが閉まってて本当によかった。こんなのほかの男に見られたら──」
「風邪引くといけないからって、さっきこうちゃんが閉めてくれたの。私、昔からお腹を下したりすぐ風邪引いたりしてたから……」
　きっとこうちゃんは、まだ私のことを小学生だと思ってる。
　自分の体調管理くらいちゃんとって言っても、風邪引いて倒れたところを黒川くんに保健室まで運んでもらってたこともあるし、やっぱりまだまだ子どもなのかな……。
「何それ」
「えっ？」
　パッと黒川くんの顔を見上げると、そこには不機嫌顔の彼がいた。
　最近、黒川くんのこんな顔ばかり見てる気がする。
「っあ〜、ほんっと、ムカつくっ」
「く、黒川くん!?」
　突然、自分の髪を雑にくしゃくしゃにした黒川くん。
　私、まずいこと言った!?

せっかく少し機嫌がなおってくれたと思っていたのに。
「あいつ見たんだ。俺より先に」
「へ？」
　あ、黒川くんもしかして……。
　こうちゃんが私の水着姿を見たことに怒ってるの？
「黒川くん、私が会いたかったのはこうちゃんじゃなくて黒川くんだよ？　部屋を間違ってなければ……」
「それでも！　沙良は……無防備すぎるよ」
　そんなこと言われたって……部屋を間違えたのは仕方なかったことだし……。
「こうちゃんとは本当になんにもないよ？　こうちゃんだって、前みたいに接してくれてるだけで……あれが普通なの。私の中では黒川くんが一番だよ？　それだけじゃダメなの？」
　黒川くんはずっと、こうちゃんの私に対する接し方や、私のこうちゃんに対する家族のような感覚に納得がいかないみたい。
　黒川くんに対しての私の気持ちは変わらないのに。
「だから、その考えが甘すぎるの。あいつだって男だし、先生である前に沙良の昔の幼なじみなんだろ。もっと警戒心もってよ」
　黒川くんは私の手をギュッと握りしめてそう言った。
　警戒心……。
「約束してよ。あいつとは極力しゃべらないようにして、半径１メートル以内には近づかないって」

「そんなっ」
　いきなりそんなこと言われても……。
「約束できないんだ？」
　手を離した黒川くんが低い声でそう言う。
　うぅ……どうしよう。
　だって……私にとって、こうちゃんも大切で。男の子として大好きなのはもちろん黒川くんだけど……でも……。
「わかった……」
「えっ」
　私が答えるはずだったのに先に口を開いたのは黒川くんだった。
「いいんじゃない？　あいつと仲良くすれば」
「え、く、黒川くん！」
　黒川くんはクルッと私に背中を向ける。
　どうしよう……今までにないくらい怒ってる。
　だけど……守れるか自信のない約束をするなんてできないし……。
「黒川くん！　大丈夫だから！　こうちゃんは私のことをそういう目でなんか見てないよ！　7コも年上なんだよ!?」
「はぁ……もう、うるさいよ」
「えっ」
『うるさいよ』
　初めて黒川くんに言われた冷たくて低い言葉に、泣きたくなってくる。

【side 南夏】
　俺のことは全然名前で呼んでくれないのに。
　こうちゃん、こうちゃん、いいかげんうるさいよ。
「く、黒川くん」
　か細くて震えてる沙良の声。
　大好きな彼女なのに。大切にするって決めたのに。
　もともと根っこにある俺の汚い部分は、簡単には消えてくれないみたいだ。
　蘇ってくる。
　沙良に出会う前の、ダメ人間として生きてた日々。
「う、ご、ごめんなさいっ」
「………」
　──バタンッ。
　ベッドに座っていた沙良はベッドから立ち上がると、逃げ出すように部屋を出ていった。
　きっと沙良は泣いていた。
　守るって決めたのに。泣かせないって決めたのに。
「俺は、何やってんだよ……」
　俺は頭を抱えながら、小さくそう呟いた。
　──ガチャ。
「あああああっ!!　わっかんねー!!」
　ベッドに横になりながら沙良に投げつけた言葉を後悔していると、突然勢いよく部屋のドアが開いて大声が響いた。
　マジうるせーよ。音楽。
「あああああっ!!　女の子わかんねー！」

音楽はそう言いながら、隣のベッドにダイブした。
「ちょ、南夏！　聞いてよ！　何があったの？　って！聞いてよ！」
　寝たフリをしていた俺に枕を投げながら叫ぶ音楽。
　ほんっとめんどくさ～。
　こっちだってすげぇ悩んでんだよ今。
「美蘭ちゃんがな」
「聞いてねぇ」
「独り言だよ！」
「……でかすぎ」
「美蘭ちゃんがー」
　俺のセリフなんかお構いなしに話を始める音楽。
　もう、ほっとこう。
「美蘭ちゃんが～すげぇ怒ってる」
「………」
「理由がぜんっぜんわかんね！　俺怒られることなんもしてないのに！　なんで怒ってんの？　って聞いたら、よけい怒られた」
「………」
「なぁー南夏ー!!」
「うるせ。独り言なんだろ」
「助けてくれよ～！　幼なじみのピンチだぞ！」
「………」
　そんなこと言われたってこっちこそ大ピンチだ。お前に構ってるヒマなんてない。

あの教師をどうやって沙良から引き離すか、考えねぇと。
「何、もしかして南夏も沙良ちゃんとなんかあった？」
「………」
「う、マジかよ」
　俺が無言でにらみつけると、音楽はすぐに察した。
「せっかくイチャラブサマーバケーションを過ごすつもりだったのになぁ……」
　それだけは音楽の気持ちがわかる。
　俺だって、高校最後の夏休み、沙良とたくさんふたりで過ごすつもりだったから。
「でー？　南夏は沙良ちゃんと何があったんだよ。もしかして、まだこうちゃん先生のことで怒ってんのー？」
「………」
「ありゃりゃー」
　黙り込んだ俺の顔を見て、音楽がそう声をもらす。
「んー、そんな怒ることなのかー？　こうちゃん先生は南夏のことからかってるようにしか見えねーよ？　反応したらよけいだって……」
「あのクソ野郎もムカつくけど……」
「けど？」
　あのセンコーの気持ちよりも、大事なのは沙良の気持ちだ。俺のこともあいつのことも、同じように大事に思ってんなら……。
「あいつにはもちろんムカついてる。けど、この先、もしあいつよりももっとタチの悪い奴が現れたりしたら、今の

沙良の無自覚な感じだと危険だと思う」
　沙良を守りたいから。
　だから沙良にも、もっと女としての自覚をもってほしい。
「でもさ……沙良ちゃんが無自覚なおかげで、南夏は沙良ちゃんと出会えたじゃん」
「……っ！」
　それは間違いではないけれど。だけど……。
「南夏が倒れてたあの日、沙良ちゃんが南夏のこと危険だって思ってすぐに逃げちゃってたら、南夏こそ今ここにいなかっただろうし、それ以前に沙良ちゃんとも付き合えていないわけでさ」
「………」
「沙良ちゃん可愛すぎるから、心配になるのもわかんねーことはないけど、でもそれが沙良ちゃんのいいとこでもあるわけだから信じてやれば？」
「ムカつく」
　俺は、音楽の目をまっすぐ見てそう言う。
「は？」
　なんでバカな音楽に、俺がなぐさめられなきゃいけないんだよ。
　ムカつく。それに言ってることド正論だし。
「人の女のことは気持ち悪いくらいわかってるみてぇだけど、自分の彼女がなんで怒ってんのかはわかんねーのな」
「うっ！　今それ言うか？　普通はありがとう我が親友よ！　って言うところだろ！」

「きしょい」
「幼なじみに向かってきしょい言うな！」
「うるせ……」
　そう言って、自分の耳を塞ぐ。
　信じてやれ……か。

「黒川くん」
　夕飯を食べおえて、ひとりで砂浜で涼んでいると、女の声で俺の名前を呼ぶのが聞こえた。
「水田」
　そこには薄手のパーカーを着た、音楽の彼女で沙良の友達である水田が立っていた。
「みんなでババ抜きしようだってさ、藤枝先生が」
「………」
「しない？」
「あぁ」
「そっか」
　そう答えた水田はさっさと別荘へと帰っていくかと思ったら、なぜかそこから動かない。
「本当、黒川くんってわかりやすいよね」
「何が……」
「隣に座っていい？」
「……あぁ」
　まさか、水田が俺の隣に座るなんて思ってなかったから少し驚く。

こうやって、完全にふたりきりで水田としゃべるのは初めてかもな。
「黒川くんは口数少ないほうだから、一見すると何を考えてるのかわかんないのかなー？　って思うけど、意外とすぐ顔に出ちゃうから」
　水田は、俺のことも沙良のことも藤枝のことも全部わかりきってるみたいな言い方をする。
「けど……音楽は全然わかんない」
「音楽？」
　横に座る水田の顔をのぞくと、すごく悲しそうな目で海を見つめていた。
　音楽なんて、聞いてないのになんでも自分からペラペラ話す奴なんだから、一番わかりやすいと思うのに。
　水田はそんな音楽の気持ちがわからないっていうのか？
『美蘭ちゃんが怒ってる』
　そういえばお昼、音楽がそんなこと言ってたっけ。
「そういや昼間、音楽となんかあった？」
「……え」
「いや、あいつすげぇ悩んでたから」
「……そうなんだ」
　水田はそう言って少し困ったように笑った。
「恥ずかしい話なんだけど、ただのヤキモチなんだ……」
「ヤキモチ？」
「積もり積もってっていうか、今日爆発しちゃったっていうか……ほら音楽ってなんでもバカ正直に全部口に出し

ちゃう性格じゃない?」
「あぁ」
「可愛い子を見たらすぐに反応しちゃうし、スタイルのいい子とか見つけたらあからさまにガン見するし!」
「あ、あぁ」
　それは、音楽と腐れ縁でつながっている男として、なんだか水田に申し訳ない気持ちになった。
「それで、今日の昼、沙良の水着姿を見た音楽がすごい沙良のこと褒め出して……もちろん、私のことも褒めてくれたけど、だけど……」
「なんかわかるよ、それ」
「え、黒川くんも?」
「あぁ。カッコ悪いけど、やっぱりただのヤキモチなんだよな」
　誰かと同等なんか嫌で、俺以外の特別な奴なんて存在してほしくなくて。
　自分だけ見てほしくて、自分だけ求めてほしい。
「本人には絶対言えないけど……私、自分が思ってたよりも音楽のこと好きなんだってわかった。でも、それがまた悔しい。音楽は私と同じくらい私のことを好きなのかなって」
「それ、本人に言えばいいだろう」
「黒川くんだって、沙良に言えばいいじゃない」
「ハハッ、言ったところで沙良はポカーンだよ」
「あー、沙良は音楽よりひどそう」

「ひどいってもんじゃねーよ」
「そんなこと言って」
「あぁ、結局、そんな沙良に惚れてるよ」
「ちょ、黒川くんもそういうところあるからね!?」
　突然声を大きくした水田の顔を見ると、引き気味で俺の顔を見ていた。
「は、何が？」
「よく他人の前で恥かし気もなくそういうセリフを……」
「水田だって言っただろ！」
「私のとはレベルが……！　あぁ、とにかく、沙良も沙良で絶対に黒川くんしか好きじゃないから、そんなに心配しなくていいんじゃない？」
「そのセリフ、そっくりそのまま返してやる」
「フフッ。バカップルだね～」
「そっちがな」

「あー！　黒川やっと来た！　もう姫野さんがすごい寂しそうな顔してたよ」
　水田と別荘に戻ると、塚本が叫んだ。
　俺と沙良の状況を知らない塚本は「ね？」と笑顔で沙良に顔を向けた。
「へ!?　あ、えっと……」
　泣いて俺の部屋から出ていった沙良は、気まずそうに口ごもる。
「何？　沙良、顔色が悪いよ。なんかあった？」

沙良の隣に座っていた藤枝が彼女の肩に手を回してそう言う。
　昼間よりも、こいつに対しての怒りはずいぶんおさまってる。
　ムカつくのに変わりはないけど。
「沙良、こいつの前でちゃんと言ってよ」
「へ？」
　俺の声に、そこにいたみんなが目線をこっちに向ける。
　沙良がどんなに俺に気持ちを伝えても、俺がどんなに沙良に気持ちを伝えても。
　ちゃんと、周りにまで伝えなきゃ意味がないんだ。
　周りの人間にも、ちゃんとわかってもらって、理解してもらって、協力してもらって、初めてちゃんと、深め合えるものだと思うから。
「俺とそのセンコー、どっちのほうが好き？」
　俺は藤枝を軽くにらんで沙良にそう聞く。
　ちゃんと言ってくれよ。
　俺だけじゃなくて、こいつの前でも。
「そ、そんなの……」
『言えるわけないじゃない』
『選べないよ』
　沙良の口からならそんなセリフが出てきそう。そんな予想はもうできている。
　だけど、だけどさ、沙良。
　俺は、沙良を信じたいよ。

好きだから。
「そんなの……黒川くんに決まってるよ」
「……っ」
「私は、ずっとそう思ってるよ。きっと、こ、藤枝先生だって、わかってるよ。そうだよね？」
　沙良はそう言って、藤枝の顔を見る。
　沙良が、彼をこうちゃんと呼ばなかった。
　それだけで……。
「いや、初めて知った。すげーショック」
　あ？
「えっ!?　ちょ……」
　藤枝のまさかの返答に沙良がアワアワと慌て出す。
「嘘だよ」
「えっ」
「はぁ？」
　藤枝は口角を少し上げると、沙良の頭を撫でた。
「まさか公開告白するとは思わないよな」
　ボソッとそう言ったあと、藤枝はフッと笑う。
「可愛いくてしょうがない妹なのは間違いないからな～、本当に君でいいのか、テストしてた」
　……冬李さんとまったく同じかよ。
「まぁ、最後に俺を殴ったりしたら、さっさと冬李に報告して別れさせるつもりだったけどな～」
「うわ、沙良、あんたどんだけ愛されてんのよ！」
　楓がそう言って沙良の肩を軽く叩く。

「沙良が高校に入ったばかりの時、なんか元気がなくなった沙良を心配して、冬李がこの俺に1回だけ連絡をよこしたことがあったんだ」
「お兄ちゃんが!?」
「あぁ。だから、ここに戻ってくるのが決まった時も正直、心配で。でも、心配することなかったな。沙良すげぇ友達たくさんいるじゃん」
　初めて、藤枝の裏のない笑顔を見た気がした。
　親心みたいな気持ちなのかも。
　でも半分ふざけて煽ってるように見えたのは、素直に心配しているってことがほんの少し照れ臭かったからなのかもしれない。
「こうちゃん」
「まぁ……」
　藤枝は突然立ち上がると、俺の方に向かって歩いてくる。
　そして、顔を俺の耳もとへ近づけてくる。
「今度泣かしたりしたら、もらっていっちゃうかもしれないけどね」
　と小さくささやいてから、
「先生はもう寝まーす。お前らも夜更かしするなよ〜」
　とくるっと振り返ってから2階へと上っていった。
　いちいちムカつくことを言う奴だ。だけど……。
　正直、俺の心は今、沙良の言葉だけでだいぶイラつきがおさまっていた。
　単純すぎる。

バチっと沙良と目が合って、思わず下を向く。
「ごめん。沙良……」
「ううんっ！　私だって黒川くんを不安にさせる行動をしてしまって……ごめんなさい」
　沙良がそう言って、ペコッと頭を下げる。
　その動きさえいちいち可愛くて、早く抱き寄せたいと思ってしまう。
「おーい、おふたりさーん」
「俺達のこと見えてるー？」
　声がして沙良から目線をそらすと、そこにはこちらをにらんでいる音楽と苦笑いする塚本の顔があった。
　あぁ、こいつらいたんだっけ。
「悪いけど、今日は沙良とふたりで寝るから」
「はぁぁぁ!?」
　と大声を出す音楽。
「ちょ、黒川くん!?」
　ズンズンと沙良に近づいて、そのまま彼女の腕を掴んで立たせると、沙良は目をパチパチとさせて驚いた顔をした。
　悔しいけど、沙良はどんな顔をしても可愛い。
「ちょっと南夏！　どういうことよ！　音楽と塚本くんはどーすんの！」
　俺と沙良の前に仁王立ちしている楓がギッとにらみながらそう言った。
　俺と沙良が２階の部屋に行くのを止めるかのように。
「好きな奴と泊まりにきて、別々の部屋にわざわざ寝る理

由って何？」
「へ……」
「ここはお前んちの別荘で、部屋はもうひとつ空いている。男女で部屋を分ける理由って何？」
　楓の顔がどんどん赤くなる。
　お前だって本当は、早く塚本に想いを伝えなきゃってわかってるはずだ。
　たぶん、ここにいるみんなが一番思っていることだ。
　友達との思い出作りとか、親睦会(しんぼくかい)とか、そんなことじゃない。
　高校最後の夏休み。
　特別な人と短い時間だけでもそばにいたい。
「でも、先生いるし……」
「でもこの会話は聞かれていない」
「おぉ～～！　南夏！　たまにはいいこと言うなぁ～！」
　楓と話していると横から音楽が口を出してきた。
「お前はそんな調子でいいのかよ」
　俺は小声で音楽にそう言いながら目線を軽く水田に向ける。
「……だから、感謝してんじゃん。よぉーし！　楓～そこどけ～そこどけ～！」
「あー？」
「俺は今から大事な話すんのー！　女子部屋借りるぞー！　ね、美蘭ちゃん！」
「へっ」

今まで黙って下を向いていた水田は、音楽に突然手を掴まれると驚いた顔をしてたけど、彼女の身体は逆らうことなく音楽の腕の中に入っていった。
「いってらっしゃーいっ！」
　女子部屋へ向かうふたりの背中を笑顔で見送る塚本。
　ったく。お前はもう少し楓の気持ち考えろよ。
「楓、がんばれよ」
　俺は、軽く楓の肩をポンッとしてから、沙良と一緒にリビングをあとにした。

「楓ちゃん……うまくいったかな？　美蘭ちゃんと音楽くん、仲直りできたかな？」
　まったく……。
　俺達だってまぁまぁ危なかったし、俺にとっては初めてのケンカだと思っていたのに。
　沙良はどうしてこんな時でも、人のことを気にかけてる余裕があるんだよ。
　好きな奴と、ひとつのベッドに並んで寝てるんだぞ？
　おかしい。鈍感にも程がある。
「大丈夫でしょ。っていうかさ……」
　俺はクルッと体を沙良のほうへ向ける。
「藤枝のことだって、音楽のことだって名前で呼んでるのに、なんで俺だけいまだに苗字なわけー？」
「そ、それは」
　口をもごもごさせながら、布団で顔をゆっくりと隠そう

とする沙良。
　ったく、あざとすぎる。
　けど……。やっぱり可愛い。
　苗字呼びなんてこの際どうでもいいから、襲ってしまいたいと思うほどだ。
「だって……好きすぎるから恥ずかしい」
「なんだそれ」
「こうちゃんに触れられて平気なのも、音楽くんのことを名前で呼べるのも、全然意識していないからで……」
「えっ……」
「多分、私、黒川くんが私を好きな気持ちよりもっと黒川くんのことが好き！　だから、ささいなことでもすごくドキドキしちゃうし、意識しちゃう」
「フッ」
　顔をそむけて恥ずかしがりながら話す沙良を見ているだけで、思わず表情がゆるむ。
　悩んでたのがバカバカしいと思えるくらい。
　俺らは水田が言うようにバカップルで。
「ううっー、ほら絶対笑われるから言いたくなかったのにー」
　そうやってカバッと顔まで布団をかぶる沙良。
　いや、可愛すぎるだろ。
　お互いの足が少しだけ触れて。
　彼女の足がピクッと反応したのがわかる。
　ふーん。沙良は今、俺のことを意識してくれているんだ。

「じゃあさ、沙良」
　布団をかぶったままの沙良に話しつづける。
「ふたりの時だけは、名前で呼んでよ」
「……っ」
　ひょこっと目だけを出した沙良。
　あぁ、ダメだ。
「俺、この数日すっげー我慢したんだよ？」
「我慢って……」
「早く、呼んでよ」
「え……」
「じゃないとチューするよ」
　まぁ、俺にとってはどっちでもありがたいことなんだけど。
　沙良はきっと、キスするのは嫌がって仕方なく名前で呼ぶだろう。
「さーら、どうすんの？」
「……ったいです」
「え？」
　顔を全部出した沙良は、上目遣いでこちらを見ながらもう一度口を開いた。
「えっと……チューしたい……です」
　お願いだから、これから先もそんな発言をするのは俺にだけにしてくれよ。
「ほんっと、罪」
　俺はそう小さく呟く。

そして、「沙良からしてよ」と意地悪に言う。
　これくらいの意地悪は許してほしい。
　沙良の罪はこんなんじゃすまされないぞ。
　俺がニッと口角を上げると、沙良は少し悔しそうに唇に力を入れる。
　すべての仕草がいちいち可愛い。
　そして、ゆっくりと俺に顔を近づけて身体を伸ばす。
　好きな子が。
　自分とキスするために身体を伸ばしてくるっていうのはやっぱり、男としてはすごく萌えるものがあるわけで。
　唇を数秒重ねてゆっくり離す。
「今日は寝かさない」
　そう呟く。
「寝られるわけないよ……南夏がそばにいるんだもん」
「……っ!?」
　なんてまた、一枚上手な言葉を呟くんだ。
　可愛すぎて、たまらない。
　いつまでもこの腕の中に抱いていたくなる。

「不意打ち罪。ねぇ、もう一度、名前を呼んで……」
　俺はそうささやいてから、今度は少し、大人な深いキスをした。

番外編2

＊書き下ろし＊

憧れの看病

「えっ、南夏くんが風邪!?」

　夏休みも残り1週間の今日。

　いつものメンバーと『cafe ciel』で残りの宿題に取りかかっている中、音楽くんのセリフに驚いて大きな声で聞き返した。

　なんと、南夏くんが風邪を引いたというのだ。

「昨日のメッセージで何も言ってなかったのに……」

「単純に沙良ちゃんには心配させたくなかったんでしょ？　でも、バイトも2日休んで、だいぶよくなってるから、またすぐに出られるって言ってたよ」

「そっか……」

　彼女だっていうのに、彼の変化に気づけなかったこと、少し落ち込んでしまう。

「まぁ、男って好きな子には弱ってるところ見られたくないって思う生き物じゃん？　沙良に言わなかったあいつの気持ちもなんとなくわかるよ」

　楓ちゃんがそう言ってなぐさめてくれる。

「そうかな……」

「そうだよ！　だから今日の勉強会、南夏は来れなかったってわけ」

　音楽くんはそう言いながら、いつものメロンソーダをストローで一気飲みした。

「お見舞い、行ってあげたら？」
　カウンターから出てきたけんさんが、音楽くんへおかわりのメロンソーダを運んできて私にそういう。
「え、いいんでしょうか」
「心配させたくないって口では言うけど、男って本当は寂しがり屋で甘えん坊な生き物よ」
　けんさんのセリフに音楽くんが「そうそう」と言いながら隣に座る美蘭ちゃんをギューッと抱きしめた。
「もっと甘えさせてほしい〜」
「ちょっと、暑い、臭い」
　音楽くんに密着されて顔をゆがめた美蘭ちゃん。
「うう〜冷た〜」
「さっさと進めなさいよ。明日、映画を観にいくのなしにするよ」
「え〜やだ〜！」
　ふたりのこのやりとりも日常茶飯事で、バランスのいいお似合いのカップルだと、日を増すごとに感じる。
　そして、私も、南夏くんと触れ合いたいな、なんて。
　自分で考えておきながら、恥ずかしくなる。
　夏休みのうちで、彼のことを下の名前で呼ぶことにもだいぶ慣れてきて。もっと南夏くんと話したい、会いたい。この気持ちは増すばかりで。
　今日、南夏くんのところにお見舞いに行ってみよう。

「５階の501号室」

「え、けんさんは一緒に来ないんですか？」
　勉強会のあと、南夏くんのうちまで車で送ってくれたけんさんが、車から降りないまま窓ガラスを開けて部屋番号を教えてくれたので、そう聞く。
「病気の時にこんなゴリラの顔なんて見たくないでしょう。可愛い彼女の顔見せて、早く復活してって頼んでちょうだい。音楽だけだとホント店が回んないから」
　けんさんは「帰りあんまり遅くならないようにね」と言って、すぐに車を発進させた。
「え、あっ、ちょっ！」
　送ってくれたお礼ちゃんとできなかったな。また改めて言わなきゃ。
　そう思いながらけんさんの車が小さくなるまで見送ってから、マンションのほうへ向かった。
「501……」
　オートロックマンションのエントランスに入り、操作盤の前に立つ。
　緊張するな……。
　南夏くんのお母さんとは何度か話しているけれど、初めてのお宅訪問に心臓はバクバク。
　でも、早くしないと、さっきけんさんにコンビニで買ってもらったお見舞いのアイスクリームが溶けちゃう。
　意を決して、震える手で部屋番号のボタンを押した。
　5、0、1。
　呼出。

プルルルル──。
　プルルルル──。
　プルルルル──。
　──ガチャ。
　はっ！　出た！
「あ、あの、私……！」
『さ、沙良？』
　え……？
　思わぬ声に、思考が停止してしまった。
　てっきり、南夏くんのお母さんが出てくるんだろうと。
「南夏くん……どうして……」
『いや、どうしてはこっちのセリフだから』
　少し鼻声に聞こえた彼の声。
　一気に心配が押し寄せる。
　まさか、病人にインターホンに出てもらうなんて。
「あ、ごめんなさい南夏くん、風邪──」
『とりあえず、入って』
　私が謝る前に、南夏くんがそう言うと、自動ドアのロックが解除されて、開いた。

　──ガチャ。
「どうしたの、沙良」
「ごめんなさいっ、音楽くんとけんさんから南夏くんが熱出して寝込んでるって聞いて……」
　本人に何も連絡しないまま来てしまったことを少し反省

する。
「え……そうなんだ。ひとりでここまで来たの？」
　心配そうにこちらを見つめる南夏くんに、首を横に振る。
「けんさんに、ここまで送ってもらって」
　そう言うと、南夏くんはホッと胸を撫で下ろす。
っていうか、それよりも！
「熱、大丈夫なの？　お、お母さんは？　体調悪いのに出てきてもらっちゃってごめんね、これ、私とけんさんからのお見舞いで……」
　休んでいたはずの病人を起こしてしまい、あげく玄関まで来てもらうなんて、と思い、早口で話しながら、アイスクリームの入ったコンビニの袋を渡す。
「もうだいぶ下がってるから。母さんは3日前から1週間出張で……ありがとう……っていうか、もう帰るの？」
　お母さん、出張!?　サラッと言われたセリフに少し戸惑いながら、「うん」と答える。
　まだほんのり顔が赤い彼を見る限り、熱は完璧には下がっていないはず。
「休んでいるジャマしてごめんね、たくさん休んで、早くよくなっ──」
　──ガシッ。
　突然、玄関の隙間から長い腕が伸びてきて、私の手首を掴んだ。
　いつもは少し冷えている手のひらが、今日は熱のせいで熱い。

やっぱり、まだ全然よくなっていないよ。
「南夏くん？」
「時間、平気なら上がってよ」
「え……」

「あの……本当にいいのかな？　南夏くん休まないと……」
　南夏くんの家に上がれるうれしさに負けて、おジャマしてしまったけど……。やっぱり、帰ったほうが南夏くんの身体のためなんじゃ。
「ひとりで家にいるより、沙良の顔見てるほうがすぐよくなるに決まってる」
　南夏くんはそう言いながら、受けとったアイスクリームを冷凍庫にしまった。
「やっぱりダメだよ。寝てなきゃ」
　南夏くんの部屋に案内されたのと同時に、彼の背中を押してベッドへと誘導する。
　ものがあまりなくてシンプルな南夏くんの部屋。
　一気にいつもの南夏くんの柔軟剤の優しい香りが広がって、ドキッとしてしまう。
「いや、沙良がいるのに寝るとか意味わか……」
「いいから、とりあえず横になって！」
　南夏くんの背中に手を添えると私の手のひらに伝わる、こもった熱。
「ほら、身体が熱いもん」
　渋々、ベッドに横になり毛布をかぶった南夏くんにそう

言う。
「ふっ、沙良のせいかも」
「え……?」
「沙良がいるから、よけい、熱い」
「……っ!」
　南夏くんはベッドで横になると、手を伸ばして私の頬に触れた。
「またそんなこと言って……」
　恥ずかしさで目をそらす。
　熱い、南夏くんの手。
　その手を上から包み込むように、自分の手を重ねた。
「うつっちゃうかも」
「……南夏くんからもらう熱なら光栄だよ」
　そんな、いつか彼に言われたセリフをそっくりそのまま返す。
「バカ、そんなこと言ったら本当にうつすよ?」
　私の頬を包んでいた彼の手が、ゆっくりと私の後頭部に移動して、お互いの顔の距離をグイッと縮められた。
「な……っ、くん?」
「キスしたい」
　彼のど直球な要求に、自分の頬がボッと赤くなるのがわかる。
　一気に身体中が熱くなって。
　慌てて南夏くんから距離をとる。
　まったく……こんな時にも、不意打ちでこんなことして

くるんだもん。一緒にいる時間が増えても、一向に慣れないよ。
「病人は大人しく寝てないとダメなの。ほら。ちゃんと元気になったらね」
　恥ずかしさで慌てて話を変えながら、南夏くんの肩を掴んで再びベッド寝かせる。
「わかったよ。治ったらできなかったぶんする。覚悟しててよ」
　そう言って毛布をかぶりなおした南夏くんは、少しふてくされた声で、なんだか可愛い。
　本当は私だって、たくさん南夏くんに触れたくてしょうがない。
　でも今は、熱を下げることが一番重要なことだから。
「うん。治ったら、たくさん、しよう」
　私のセリフを聞いて突然、反対に寝返りを打って背中を見せた南夏くん。
「南夏くん？」
「ホント、俺の理性に感謝して」
　南夏くんはそれだけ言ってから、すぐに静かに寝息を立てた。
　やっぱり無理してたんだ。
　向こうを向いている彼のおでこに静かに手をおく。
　手や背中よりも熱をもっていて、押しかけてしまったことをまたちょっとだけ申し訳なく思うと同時に、何かできることがないか考えた。

【side 南夏】
　ギュッと手を握られた感覚で目が覚めると、おでこにひんやりとした感触がする。
　さっきよりもだいぶ頭痛がおさまっていて、天井を見つめたままベットに横になっているだけだけど、身体もここ数日とは違って軽くなっている気がした。
　部屋はだいぶ薄暗くなっている。
　スースーと控えめな寝息が横から聞こえて、視線を向ける。
「……マジかよ」
　思わず声をもらしてしまうぐらいの衝撃。
　大好きな彼女がすぐ目の前で寝ている。
　俺の左手をギュッと握りしめて。
　去年、彼女と学校で出会ったばかりの時、保健室で似たようなことがあったな……なんて、沙良の可愛い寝顔を見ながら思い出にひたる。
　沙良が熱で倒れて、俺が保健室まで彼女を運んだ。
　あの時の俺は、近い将来、その彼女とこんな風になれるなんて夢にも思ってなかった。
　いや、絶対に振り向かせたいって気持ちだけは一丁前だったけれど。
　俺は、彼女を起こさないように、ゆっくりと上半身だけ起こす。
　やっぱり、だいぶ身体の動きやすさが違う。
　まだ少し、喉の痛みがあるくらいだ。

「……ありがとう、沙良」
　そう小さく呟いて、彼女のサラサラな細い髪を、握られていない反対の手で撫でる。
　おでこに貼られた冷却シートと、ベッド横に置かれたスポーツドリンク。きっと、俺が寝たあとに沙良が買ってきてくれたもの。
　ホント、彼女の無自覚な鈍感さには心がかき乱されてばかりだけれど、こんな風に人のことを気遣って助けられるところには尊敬しかない。
　ここに寝ているのが俺じゃなくても、彼女は当たり前のようにこういうことができる子で、だからまた"好き"があふれると同時に、沙良の好意をうけるのは全部俺だけでいいのに、なんて自己中な感情がよぎるのも事実で。
　彼女の全部が、いつだってほしくなる。
　さっきだって、平然と『治ったら、たくさん、しよう』なんて。
　好きな人とふたりっきりの部屋でそんなことを言われてもしっかり自制をきかせた俺を褒めてほしい。
　本当は、すぐにでもこの腕で抱きしめて、たくさんキスをしたい……。
　必死に自分の欲を抑えながら、世界一愛おしい寝顔を見つめて、親指の腹で白い頬にわずかに触れる。
「んっ、……南、夏くん」
　彼女のぷっくりとした血色のいい唇から、色気の混じる声がもれて。

一気に身体が熱くなる。
　沙良のせいで、本気でまた熱が出そうだ。
　俺の手を握っていた手が、ピクッと動いたかと思うと同時に、沙良がゆっくりと瞼を開けた。
「ごめん。起こしちゃったね。ありがとう、いろいろ」
　まだ寝ぼけているのか、俺のほうを少し潤んだ瞳でぼーっと見つめる沙良。こんな顔を男の前で平気でしちゃうんだから参る。
「昼よりだいぶ楽になった」
「あ……嘘、ごめんなさいっ。私、寝ちゃってた！」
　自分の状況をやっと理解した彼女は、顔と上半身をベッドから離してそう言う。
「いや、買い物だって行ってくれたみたいだし、ホント助かったから。ありがとう」
「ふふっ。実は、看病する側って昔から憧れてたんだ」
「なにそれ」
　彼女がまた可愛いことを言い出すので、口もとを思わずゆるめながらそう聞く。
「小さい頃からしょっちゅう風邪を引いてたから。去年も、南夏くんに助けてもらっちゃって。だから、私もこうやってできるのすごくうれしいの。こちらこそありがとう」
　なんだその可愛い理由。
「あ、南夏くん、ご飯食べられるかな？　キッチンお借りして、雑炊作ってみたんだけど……」
「え、ホントに？　すげぇ食べたい」

大好きな彼女が自分の部屋にいて、看病してくれて、しかもご飯まで用意してくれるなんて。こんな日が過ごせるなら、毎日だって風邪を引きたいなんて思う。
「うん。温めて持ってくるね！」
　彼女はそう言ってうれしそうにキッチンに向かうと、少ししておいしそうな卵雑炊を運んできた。
「実は、買い物してる時に南夏くんのお母さんから私に電話が来てね」
　ベッドの横に座った沙良が、雑炊を少し混ぜて冷ましながら話す。
「え、母さん？」
「うん。けんさんが南夏くんが風邪でバイト行けていないことと私が家にいること伝えたらしくて。そしたら南夏くんのお母さんから私にわざわざ電話くれて。その時に鍋の場所とかキッチン回りのことをいろいろ聞いたんだっ」
「そうなんだ。また変なこと言ってなかった？」
　この間も沙良に「どこまでいったの？」なんて俺がいる前で聞いたような人だ。
　また何を言い出すか。
　そう思っていると、沙良の顔がたちまち赤く染まる。
「……えっと、早く治しなさいって」
　それだけ言って目をそらした沙良。何か言われましたって言ってるようなものだ。
　ったく何言ったんだよ。
　すっかり元気になって。

去年、長いこと意識不明で生死をさまよっていたなんて、一番近くで見てた俺でも信じられない。
　俺は、沙良を問いただすこともせず、「そっか」とだけ言って雑炊の入ったお碗を受け取る。
　温かい湯気が顔周りを包み、雑炊の出汁のおいしそうな香りが広がって。
　ごくんと唾を飲み込んでから、スプーンですくって少し冷まして、口の中に入れる。
「……お口に合うかな？」
　おそるおそるそう聞く沙良。
「うまいに決まってる。すっげーうまい！」
　イガイガしている喉にとても優しく入っていく雑炊。
　作る料理にも沙良の性格が表れていて、風邪を引いて体調は万全とは言えないけれど、今すごい幸せだって実感する。
「よかった、ふふ。私も食べちゃおうっ」
　沙良はそう言って再びキッチンに向かうと、自分のぶんの卵雑炊を持ってきて、ベッドの横に座った。
「なんか……変な感じ。南夏くんの部屋で雑炊を食べるなんて」
　沙良は少し照れ臭さそうにそう言うと、雑炊をフーフーと冷ましはじめる。
　彼女の少しとがった唇に目がいって、ドキンと胸が鳴る。
「んっ！　よかった、ちゃんとうまくできてる」
　パクッと口に入れて、うれしそうにニコッと笑う彼女に、

クラっときそうになって。
「ねぇ、沙良」
「ん？」
　口に雑炊を含んだまま上目遣いでそう答える彼女は確信犯で。
　頭で考える前に口が開いて。
「うち泊まってよ」
　彼女の目をまっすぐ見てそう言った。
「え、南夏くんちに、わ、私が!?」
「ほかに誰がいるの」
「っ……でも……非常に急だから何も準備してないし……」
「着替えなら俺の貸す」
　そう言うとまっ赤な顔で見つめてくる沙良。
　着替えさせる前に、襲ってしまいたくなる。
「うち乾燥機もついてるから、安心して」
　俺の声に、少し考え込む顔をした彼女が、まだほんのり赤く染まった顔のまま、控えめにうなずいて口を開いた。
「……お世話に、なります。あ、でも、ちゃんと、うちと南夏くんのお母さんに連絡するね」

　──シャー。
　脱衣所にある洗濯機のボタンを押していると、浴室の扉の向こうからシャワーを出している音がする。
　やばい……。
　この扉１枚の先に、シャワーを浴びてる彼女がいる。

気をゆるめたら変な想像ばかりしそうになって、慌てて頭をブンブン振って邪念を払った。
　俺が洗濯している間、沙良にはとにかくゆっくりお風呂に入ってもらう。
　今日、いろいろと俺の世話をしてくれて少し疲れてるだろうと思うから。本当は、さっさと出てきてもらって、うんと可愛がりたいんだけれど、我慢。
　いくら風邪を引いているとはいえ、一日中ふたりきりでいたのに彼女に何もしなかった俺はえらいと思う。
　まぁ、ほとんど寝ていたのだけれど。
　沙良が俺の家に泊まる。
　自分で提案したことながら、正気でいられるか自信がない。
　いや、きっと無理。
　沙良への着替えの黒のスウェットをタンスから取り出して、軽く頭を抱えた。
　自分で言っといてあれだけど、本当に沙良が俺の服を着るのか？
　嫌われないためにも、あまり強引にいかず、我慢しなきゃいけないんだけれど……。

　脱衣所に、スウェットを置いて1時間弱ほどたった時、洗濯が終わった音が響くとそのあとすぐに、沙良が浴室から出てくる音がして、俺の胸がドクンと脈打つ。
　沙良が俺の家にいるんだということを実感する。

「沙良、出た？　タオルは洗濯機の隣にあるから。その横にあるスウェット、よかったら着て」
　平常心を装って、脱衣所の扉越しにそう話す。
「うん……ありがとう」
　ドア越しに彼女の声がして。
　部屋で大人しく待てない俺は、脱衣所のすぐ横で彼女が出てくるのを待つ。
　——ガラッ。
　思ったよりも早く、脱衣所の扉が開けられた。
「おかえり」
　出てきた彼女にそう声をかけたと同時に、目の前の姿の破壊力に、思考が停止しそうになった。
　まだ濡れててわずかに水滴が落ちているミディアムヘアに、明らかにサイズの合っていない俺のスウェット。
　ダメだ。
　こんなの、宇宙一可愛いに決まってる。
「南夏くん、おっきいね！」
「あぁ、ホント沙良ブカブカ。よく似合ってる」
「え〜これ似合ってるって言っていいのかな？　ふふ。あ、洗濯もありがとう、すごく助かったよ」
　俺の気持ちなんて気にせず、平常としている沙良は、さっきまで着ていた服を綺麗に畳んで手に持っている。
　持ってる手さえ、スウェットの袖で隠れてまったく見えないんだけど。可愛いすぎる。
「どういたしまして。ほら、ちゃんと髪乾かさないと、沙

良のほうがまた風邪引く」
　俺はそう言って洗面所にあるドライヤーを持って、沙良と部屋に戻った。

「やば……」
「ん？　南夏くん何か言った？」
　ふたりでベッドに座って、沙良の髪の毛を後ろから乾かしていると、彼女が振り返った。
　さっきよりもさらにシャンプーの匂いが広がって、クラッとする。
「ううん、なんでもない。ほらちゃんと前向いて」
　目をそらしながそう言う。
　自分の中のスイッチが入らないように。
　この状況、本当なら今すぐにでも押したおして、着たばかりの服を全部脱がしてやりたいぐらいだけれど。
　俺はあくまで病人。いや、もうすっかり元気なんだけれど。
「なんか、変だね。風邪だって言ってる南夏くんに髪の毛乾かしてもらっちゃって」
「もう微熱ぐらいに下がってるし、平気だよ。明日には外にも出られると思うし」
「そっか、よかった」
　うれしそうな彼女の声。
　髪を乾かすたびにチラッと見える首筋に、俺の理性は爆発寸前で。

触りたい……。
　彼女の細い髪が俺の指先の間を通って。
　髪も肌もやわらかくって……こんな可愛い生き物、ほかに知らない。
　髪が全体的に乾いて、ドライヤーを止める。
「わ～家でもこんなにていねいに乾かさないから髪がよろんでるよ、南夏くんあり……ひっ！」
　サラサラの栗色の髪を分けて、そこから見える白いうなじに、思わず唇で触れると、彼女が声を出した。
「ちょっ、南夏くん、何して……」
「もう限界なんだけど」
　煽るように沙良の耳もとでそうささやくと、彼女の身体がピクンと反応した。
　片手を彼女の腰に、もう片方の手をお腹にまわして、沙良が簡単には逃げられないように包みこむ。
　腰に添えた手でゆっくりウエストのほうまで撫でながら、再び、首もとにキスをした。今度はわざとらしく「チュッ」と音を立てて。
「待って……っ、南夏くんっ」
　そんな可愛い声で言われても、ますますかき立てられてしょうがない。
「好きな人とふたりっきりで何もしないとか意味わかんないから。なんの拷問だよ」
「っ、いや、南夏くん風邪……」
「そんなもの治ったし」

そう言いながら、完全に止められなくなった首筋へのキス。
　いつもの彼女の匂いが、今日は俺の匂いをまとっていて胸が高鳴る。
「ほっそ、ちゃんと食べてんの」
　スウェット越しからでもわかる、彼女のウエストの細さ。
　こんな布越しからじゃなく、もっと……触れたい。
　我慢していたぶん、スイッチが入ると完全に止められなくて。
「沙良、こっち向いて」
　優しく呼びながら、彼女の顎に手を添えてこちらを向けさせる。
「……っ」
　渋々こちらを向いた沙良の顔はこれでもかというくらい赤くて、愛おしさがさらに増す。
「まっ赤」
「だって……恥ずかしいんだもん」
　沙良はそう言って、スウェットで覆われた手で、目もとから下を覆った。
　なんだ、その可愛いの。
「……キスしたいんですが」
「っダメです。南夏くん、安静にしてなきゃダメなんだよ？」
「もう治った」
「嘘」
「ホント」

そう言って距離を縮めて、口もとを隠す彼女の手をどけようとするけど、なかなか力をゆるめてくれない。
「沙良……」
「ダメって言ったらダメなの！　南夏くんのお母さんにも、しっかり見てるって約束したんだもん」
「約束って……ちゃんと見てくれてたじゃん」
　あんなにしてもらったからだいぶよくなったし、もうイチャイチャ解禁してもいいと思うんだけど。
「看病してるって言っておきながら、こんなことするのは違うもん。じゃあ、私は南夏くんのお母さんの部屋借りるから」
「はっ!?　いやちょっと待って、母さんの部屋って何？」
　ベッドから立ち上がろうとした彼女の手を掴んで引きとめる。
「電話で、よかったら使ってって言ってくれて。南夏くんは私のこと気にしないで明日に備えてゆっくり休ん──」
「気にしないとか無理に決まってるでしょ、なにそれ意味わかんないから」
　なんてこと言ってくれてんだよ母さん……。
　どこの世界に大好きな彼女をひとり別の部屋に寝かせる男がいるっていうんだ。
「……だって、うつっちゃったらあれだし」
「うつさないから。ここで寝て」
　我ながらとても子どもみたいなわがままだと思うけど、同じ家にいて離れて寝るなんて考えられないから。

「無理です」
「へっ……ちょ！」
　沙良は、一瞬の隙を見て俺の手からするりと離れると「おやすみなさい！」と叫んでから部屋をあとにした。
「嘘だろ……」
　病人のくせにベタベタするなと思われるのもわかるけど、そんなに俺と寝るのが嫌？
　沙良、絶対怖がってるじゃん。
　キスのその先を沙良が完全に避けているんだと感じる。
　どうしよう。グイグイ行きすぎて嫌われた？
　今までのスキンシップとはだいぶわけが違うのはわかっているけど。
「……んー」
　この間のペンションの時は一緒に寝てくれたのに。
　髪をわしゃわしゃしながら、仕方なくベッドに横になった。

【side 沙良】

『沙良ちゃんパワーで、南夏の熱、早く吹き飛ばしてちょうだいね』

　南夏くんのお母さんにそんなことを言われたから。

　なんとしてでも、この任務を果たさなければならない。

　でも、『無理です』なんてあんなにはっきり言うことなかったかな。南夏くん、あんなに私と一緒にいてくれようとしていたし。

　だけど……イチャイチャしてエネルギー消費してたら確実に治りは遅くなりそう。

　恥ずかしいけど、私の気持ちだって抑えられなくなりそうで。

　南夏くんのためにも、ここは心を鬼にして。

　毛布を鼻までかぶって、すごく照れくさい気持ちになる。

　恋人のお母さんの寝室を借りるなんて。

　南夏くんのいつもの柔軟剤の香りもかすかにしながら、女性特有の、化粧品のいい香りも漂う部屋で。

　緊張よりも圧倒的に安心感のある部屋で、目を閉じた。

　翌朝、自然と目が覚めて、洗面所で顔を洗い、キッチンに向かう。リビングの時計を確認すると、時刻は朝の５時半。

　改めて、ここが南夏くんの家であることを実感して、口もとがゆるむ。

　南夏くんはまだ部屋で寝ているらしい。

私は、昨日スーパーで買った材料で軽い朝ご飯を作ることにした。
　まさか泊まることになるとは思ってなかったから、材料はそんなに買っていないんだけれど、南夏くんのお母さんに電話で『冷蔵庫の材料も好きに使って』と言ってもらったので、お言葉に甘えることにする。
　昨日買ったのは、レンジで温めてすぐ食べられるお米と、卵と豆腐と果物とヨーグルト。
　それと、冷蔵庫にあった材料で、調理を始めた。
　ツナとネギを入れた出汁巻卵と、ウインナー、ほうれん草のおひたしに味噌汁。
　我ながらとてもよくできたと思う。
　仕上げに味噌汁にネギを適量入れて……。
「すっげーいい匂いがしてやばいんだけど」
　大好きな声がうしろから聞こえたかと思うと、背中からギュッと抱きしめられた。
「な、南夏くん!?」
　首に顔をうずめて「ん……」と色気のある声をもらす彼に、朝から心臓がもたない。
　急に背後から現れたらびっくりするよ。
「おはよう。南夏くん熱は?」
「ん」
　南夏くんはそう言って身体を離すと、今度は横に立ってから、おでこを私のおでこにくっつけた。
　うん……熱、完全に下がってはいるけど……。

グッと距離が縮んでみるみるうちに顔が熱をもつ。
　これじゃ、私のほうが熱あるみたいだよ。
「よかった。これで無事にバイトに行けるね」
「うん、軽くシャワー浴びてくる。それから一緒に食べよう」
　南夏くんはそう言って、私の頭を優しく撫でると、キッチンを出て脱衣所へと向かった。

「すっげーうまそう」
　シャワーから出て軽く髪をタオルで乾かした南夏くんが、食卓について目をキラキラさせる。
　シャワー上がりも本当にカッコいいこと。
　初めて私の作ったお弁当を見た時と同じ顔をしてて、懐かしく感じる。
「じゃあ、食べよっか！　いただきますっ」
「いただきます」
　ふたりで一緒に声を出して、お箸を持って。ひとくち飲んだ味噌汁にほっこりして、幸せな気持ちになる。
　おいしいご飯と、好きな人。
　自然に顔がゆるんでしょうがない。
　目の前の大好きな人は、大げさだって思うくらい「おいしい」って何度も言いながら食べてくれて。
　なんだかこの感じ……。
「なんか、新婚さんになったみたいで、照れるね……」
　口に出してそう言っちゃうのは心にとどめられないくらい好きがあふれているから。

それに、昨日、南夏くんのお母さんとの電話で『南夏のタキシード姿と沙良ちゃんのウェディングドレス姿楽しみにしてるから』なんて言われてしまったからよけい、妄想してしまう。
「みたいって……今すぐにでもそうなりたいんだけど」
「え？」
　味噌汁の熱さに苦戦していたら、なにやら南夏くんがボソッと言ったので聞き返す。
「なんでもない、ホントうまいよ」
　南夏くんは優しくそう笑う。
「ありがとう。そういえば、南夏くん今日はバイトの日？」
「ううん。バイトは明日からでいいって、けんさんが」
「そっか」
　南夏くんに早くバイトに出てほしいなんて言ってたのに、なんだかんだ、本人には急かしたりしないところ、ホントけんさんは優しい人だな。
「だからさ、今日は１日俺に付き合って。沙良」
　南夏くんが、味噌汁の入ったお椀を置いてそう言った。

「あの、南夏くん。付き合ってほしいって……ここレディースの服しかないよ？」
　朝ご飯を食べおわり身支度をして、私と南夏くんがバスに乗ってやってきたのはデパートで、南夏くんはレディース用の服があるテナントの前で足を止めた。
　店内に入っていく人も出てくる人も、お客さんはみんな

南夏くんのことを見ている。それもそうだ。レディースのお店に男の子がいるのも珍しいことだけど、なんと言っても彼は銀髪。

　しかも、それだけじゃなくてすっごく美形。
「今日も泊まってもらうから、必要なものをいろいろ買いそろえようと思って」
「え……今日も!?」

　まさかのセリフに驚いて、南夏くんの顔を見たまま固まってしまう。
「沙良の予定が大丈夫なら、だけど」
「予定なら全然問題ないんだけど……！　迷惑、じゃない？」

　正直、すごくうれしい。昨日は南夏くんもまだ身体がダルそうで風邪を治すことが優先と思っていたから。

　本当は、私だってたくさん南夏くんと一緒にいたかったし、そりゃ並んで眠りたかったし、キスだって……。
「迷惑って何。沙良、俺に愛されてるって自覚ないの？」
「……っ！」

　南夏くんは、人がたくさんいる場所だっていうのに、また大胆なことを……。
「す、好きでも、一定の距離を保ちたい人も中にはいるみたいだし、プライベートを干渉されたくないとか……だから」
「そんな心配はもう一生しなくていいから。俺の人生、沙良が中心だから」

「南夏くん……」
　南夏くんは、私の頬を優しく撫でると、その手をそのまま私の頭に持っていってポンポンとした。
　こんなにまっすぐ想いを伝えてくれるなんて。
　南夏くんは、あの、私を見つけてくれた時と何も変わっていない。それがとてもうれしくて。
「着たい服、選んで。今日はうんと俺のことこき使ってよ」
　そうやって優しく手を握る彼に、もう少し甘えてもいいのかな。
　ふたりで店内をぐるっと回っていると、あるひとつのワンピースに目を惹かれた。
　ピンクベージュのチェック柄で、膝回りと肩の部分がシースルーになっていて、上品さとカジュアルさを兼ね備えたワンピースだ。
「これ……可愛いっ」
　ディスプレイされているワンピースに触れてそう声を出すと、南夏くんもそれに目を向けてくれた。
「めっちゃ沙良に似合うじゃんこれ！」
「え、そうかな？　そんなこと言われちゃったらよろんじゃうよ」
　大好きな人に好みの服が似合うと言ってもらえるなんて、こんなうれしいことないよ。
「試着、してきていいかな？」
　今までにないような一目惚れだったからうれしさのあまり、そう声を出す。

「うん、着てよ」
　南夏くんにそう言われて、私は試着室へと向かった。

「ど、どうでしょうか……」
　サイズはぴったり。
　試着室の外で待っててくれた南夏くんに照れながら見せる。
　南夏くんの目が少し見開いて、ジッと見られてることが恥ずかしくて少し目をそらした。
「……正直な感想言っていい？　すごい勝手なこと言うけど」
「え……あ、うん」
　実際に着てみたら思ってたのと違う、って思われちゃったかな、なんて心配になりながら南夏くんの返事を待つ。
「すげぇ着てほしいけど、着てほしくない」
「え？」
「いや、わかってる。ホント意味わかんないんだけど……可愛いすぎて、ほかの男に見せたくないから、外で着てほしくないなって」
「……っ！」
　私だけじゃない。
　たまたま近くで商品を畳み直していた店員さんでさえ、南夏くんの言葉に頬を赤く染めている。
　無理もないよ。
「南夏くん……大げさだよ」

「全然。でも、ほかの奴らからは全力で守るから、やっぱりこれ着て一緒に外歩いてほしいかな」
「うぅ、ありがとうっ」
　ホント、女の子がよろこぶセリフがポンポン出てくること……。
　私はまだ顔の熱がおさまらないまま、南夏くんとお店のレジへと向かった。
　それからも、南夏くんは「俺はバイトしてるんだからこれくらいなんでもない」と言いながら、洗面具のお泊りセットも買ってくれたりして。本当、どこまでも至れり尽くせりだと思いながら。今回ばかりは、素直にありがとうと受け取った。
　だから、これから過ごす南夏くんとの特別なイベントの時には私もがんばろうって。
　必要なものを買いおわり、今日のお泊りは昨日に増してワクワクして、顔がほころんでしまう。
「よし、これで全部かな」
　南夏くんが、家を出る前にスマホに打っていたメモを確認しながらそう言った。
　でも実は、これで全部じゃないんだ南夏くん。
　きっと、私の中で一番大事だと言っても過言じゃない。
「えっと、南夏くん……」
「ん？」
　彼のシャツの袖を控えめに引っ張って、なんとか伝えようと試みる。

「ひとつだけ、足りないの」
「えっ？　何」
　そう言って再びメモに目を向ける南夏くん。
　南夏くん違うんだ。
　そのメモを打ってるとき、勇気が出なくて言えなかったんだ。
「あの……私ひとりで買いに行けるから、南夏くんそこのベンチで待っててくれないかな」
「なんで？　俺もついていくよ、俺のわがままで泊まってほしいって言ったんだし」
「いや、その……」
　これは変にごまかすよりも、ちゃんと言ったほうがいいのかもしれない。
　でも、自分の口から直接言う勇気はなくて。
　仕方なく、うしろを振り返って、先にある店に目を向けた。
　抜群のスタイルで可愛らしいランジェリーを着ているマネキンがいくつか並ぶお店。
「えっと……」
　南夏くんの視線が、お店に向けられたのをたしかめる。
「あっ……っ、いや、ごめん、そうだよな、ごめん沙良。俺、何も気がつかなくて……」
　いつも余裕そうな彼が、言葉に詰まり耳をまっ赤にしている。
　南夏くんも、こういうのに照れたりするんだな。

私だけが異常に意識しすぎているんだと思っていたから、今までに見たことがない彼が見れて、うれしい気持ちになる。
「こちらこそ、ちゃんと言えなくてごめんなさい。買い物終わるまで、こっちで待っててくれたらうれしいです」
「……わかりました」
　突然、丁寧語になる南夏くんにまたキュンとしながら、ドキドキしてるのは私だけじゃないんだって実感できて。
　私は「いってきます」と言ってから、お店へと向かった。
　買い物をすべて終えたのはお昼の12時すぎで、そのあとはふたりでちょっとおしゃれなハンバーガーを食べながら、買ったワンピースを着てどこに行こうかなんて、ほかにもたくさん話して。
　気づけば3時間ぐらいたっていた。
　南夏くんが、今日の夕飯はふたりで一緒に作りたいと言ってくれたので、デパートのスーパーで材料を買ってから、私達はうちへと帰った。

「じゃあ、まずは肉じゃがを作ろう。南夏くん野菜の皮を剥いてくれる？」
「うん」
　隣に立つ彼がそう返事をして、じゃがいもの皮をピーラーで剥きはじめた。
「芽とかゴツゴツしてる部分とかは包丁でやるから、そのままでいいよ」

「うん、結構むずかしい」
　じゃがいものいびつな形に苦戦している彼が可愛くて、思わず見つめて微笑んでしまう。
　南夏くんとキッチンで並んで一緒に料理なんて。
　彼を噂でしか知らず怖がってた頃の自分が懐かしい。
「何を笑ってるの？　そんなに下手？」
「え……違うよ！　なんか、前は考えられなかったなって。学校で一番怖がられてた南夏くんと、こうして南夏くんちで一緒にご飯作るなんて」
「周りが勝手に怖がってるだけだから。俺だって願いがかなってすげぇ幸せ者だって実感してる。沙良が隣にいてくれるから」
　そう言って南夏くんは、学校で恐れられてる不良なんて思えないほどの優しい微笑みを向けてくれる。
「私だって、南夏くんが、そばにいてくれるから……」
　改めてそう言うとなんだかくすぐったくて、「あっ、そういえば」と話を変える。
「なんで南夏くんって銀髪なの？」
　そもそも荒れていたらしい中学時代が黒髪で、ケンカをやめてお父さんの学校に入ったような子が、なんで銀髪になってるんだろうとずっと疑問だった。なかなか聞くタイミングがなかったけれど、今日こそは。
「教えない」
　そう言ってそっぽを向く南夏くん。
「えっ……なんで！」

「……ダサいから」
「そんなぁ……」
　またひとつ、南夏くんのことが知りたかったのに。
「聞きたかったな……」
「そんなに？」
「当たり前だよ！」
　そう言って「はぁ～あ」とわざとらしくため息をつく。
「そんなに知りたいなら、笑わないって約束してくれる？」
「もちろん！」
「それから、あとひとつ」
「ん？」
「今日は俺のベッドで一緒に寝てくれる？」
　うっ……そんなの、お願いされなくてもそのつもりだったよ。
「うん、いいよ。一緒に寝る。だから聞きたい。銀髪の理由」
　私がまっすぐ目を見てそう言うと、南夏くんは控えめに口を開いた。
「まっ白な雪景色(ゆきげしき)のことをさ、銀世界ってよく言うじゃん」
「うん」
「1からやり直すことを、白紙にするって言うけど、俺の中でそれはちょっと違くてさ。沙良との出会いは」
「え、わ、私!?」
　まさか銀髪の理由を話してもらって自分の名前が出てくるとは。思わず驚く。
「うん。沙良。助けられたあの日、もう一度ちゃんとまっ

白な状態でやり直したいって思ったのと同時に、沙良との出会いは、たとえ学校が同じにならなくて二度と出会えなかったとしても、俺の中でずっと、宝物で、ずっとキラキラしてるもんなんだって確信してたから。雪景色の中の結晶みたいに。そん意味を込めて……って感じかな」
「そ、そうだったんだ」
「自分で聞いといてまっ赤になるのずるいから」
「だって……」

　だって、私と公園で出会ったあの日を、『宝物』だとか『結晶』だって言われて……うれしさと恥ずかしさで溶けちゃいそうで、目頭が熱くなる。

　私にとっての南夏くんだって、同じくらい毎日をキラキラさせてくれるのに。
「まぁ、だから、俺のガラが悪く見えるのは、沙良が一番の原因かな」
「えぇ、その言い方は語弊があるよ！」
「なんにも。真実を特別に話してあげただけ。聞きたいって言ったの沙良だよ」
「うう……そうだけど」
「ふふっ、沙良」

　南夏くんが楽しそうにそう笑って名前を呼ぶので顔をあげたら、ふわっと大好きな匂いが鼻をかすめて。

　唇にやわらかいものが当たり、視界は目を閉じた南夏くんでいっぱいになる。

　身体が一気に熱を帯びて、全身がたちまち南夏くんに包

まれて。
「好き、沙良」
「……っ、私も」
　南夏くんが少し唇を離して伝えてくれたので、私も赤面状態になりながら答える。
「ん？　私も、何？　聞こえない」
　わかってるはずなのに、そうやって意地悪する彼のことだって、前よりもっと愛おしくなっていて。
「私も、南夏が好き。おばあちゃんになってもずっと」
　私も負けじとそう言う。
「ホント、可愛いにも程があるから。今日は、寝かせてあげないよ。俺のために選んでくれたアレもたっぷり見せてもらうから」
「ちょっ……意地悪」
　彼のセリフに顔から火が出そうなくらい熱くなって。
　今日のお昼に、ランジェリーショップを見ただけで顔を赤くしてた人とは思えないよ。
「さんざん焦らしといてよく言うよ」
　南夏くんは私の耳もとでわざとらしく呟いて。
「……っん」
　また私の唇を奪ってから、
「肉じゃがはもうちょいおあずけかな」
　と意地悪な笑みを浮かべてそう言った。

――END――

あとがき

初めまして、雨乃めこです。
このたびは、『クールなヤンキーくんの溺愛が止まりません!』を手にとってくださり、本当にありがとうございます。

三度目の出版となる今作は、私が、野いちごのサイトで小説を書きはじめて間もない頃の作品で、至らない点がとくに多いです。それでも、自分の生み出すキャラクターと、初めて真剣に向き合いながら書きあげた作品でもあるので、今回の文庫化を通して、久しぶりに彼らとすごすことができて非常に楽しかったです。

自分にとってささいなことだと思っていたことが、誰かにとっては、その人の世界を大きく変える出会いになっている。
南夏と沙良というキャラクターはそんな思いから生まれました。
私自身、野いちごというサイトで活動を始めたのは、小さな一歩だったかもしれませんが、それをとおして大好きな作家仲間や、温かく応援してくださる読者さまに出会えたことは、とても大きな財産です。
中には、作家仲間の枠を超えて、家族のように感じてい

る程、心を許せる大切で大好きな人もいて。野いちごでの活動を始めてなかったら、その人にも皆さんにも出会えてなかったと思うと怖いな、と感じてしまうくらいです。
　南夏にとってもきっと、沙良はそんな存在で。
　作品に散りばめた南夏の言動でその想いが伝わるとうれしいです。

　そして、今回も前作と同様に素敵なイラストを描いてくれた月居さまにも感謝でいっぱいです。
　とてつもなく、黒川南夏で、姫野沙良で。
　私の脳内を、月居さまのイラストで描かれたふたりが動いてくれて、すごくすごく楽しく執筆することができました。
　それから、このような素晴らしい機会を与えていただき、出版に携わってくださったすべての皆さまに、心から感謝しています。ありがとうございます。

　最後になりますが、今回の作品で初めましての皆さまも、以前から知ってくださっている皆さまも、私の作品を手にとって、今、このあとがきを読んでくれて、出会ってくれて、心より感謝いたします。大好きです。

　たくさんの愛と感謝を込めて。

2019年9月25日　雨乃めこ

作・雨乃めこ（あまの　めこ）

沖縄県出身。休みの日は常に、YouTube、アニメ、ゲームとともに自宅警備中。ご飯と音楽と制服が好き。美男美女も大好き。好きなことが多すぎて身体が足りないのが悩み。座右の銘『すべての推しは己の心の安定』。『無気力王子とじれ甘同居』で書籍化デビュー。現在はケータイ小説サイト「野いちご」にて執筆活動を続けている。

絵・月居ちよこ（つきおり　ちよこ）

寝ること、食べることが大好きなフリーのイラストレーター。主にデジタルイラストを描いており、キャラクターデザインやCDジャケットの装画など、幅広く活躍している。

ファンレターのあて先

〒104-0031

東京都中央区京橋1-3-1

八重洲口大栄ビル7F

スターズ出版（株）書籍編集部　気付

雨乃めこ先生

この物語はフィクションです。
実在の人物、団体等とは一切関係がありません。

クールなヤンキーくんの溺愛が止まりません!

2019年9月25日 初版第1刷発行

著　者	雨乃めこ
	©Meko Amano 2019
発行人	菊地修一
デザイン	カバー　粟村佳苗（ナルティス）
	フォーマット　黒門ビリー&フラミンゴスタジオ
ＤＴＰ	久保田祐子
編　集	若海瞳
編集協力	ミケハラ編集室
発行所	スターツ出版株式会社
	〒104-0031 東京都中央区京橋1-3-1　八重洲口大栄ビル7F
	出版マーケティンググループ　TEL03-6202-0386
	（ご注文等に関するお問い合わせ）
	https://starts-pub.jp/
印刷所	共同印刷株式会社
Printed in Japan	

乱丁・落丁などの不良品はお取替えいたします。上記出版マーケティンググループまでお問い合わせください。
本書を無断で複写することは、著作権法により禁じられています。
定価はカバーに記載されています。

ISBN　978-4-8137-0762-2　C0193

読むたび何度でも恋をする…全力恋宣言!
毎月25日はケータイ小説文庫の日♥

心に沁みるピュアラブやキラキラの青春小説、
「野いちご」ならではの胸キュン小説など、注目作が続々登場!

ケータイ小説文庫 2019年9月発売

『イケメン同級生は、地味子ちゃんを独占したい。』 *あいら*・著

高2の桜は男性が苦手。本当は美少女なのに、眼鏡と前髪で顔を隠しているので、「地味子」と呼ばれている。ある日、母親の再婚で、相手の連れ子の三兄弟と、同居することに! 長男と三男は冷たいけど、完全無欠イケメンである次男・万里はいつも助けてくれて…。大人気"溺愛120%"シリーズ最終巻!
ISBN978-4-8137-0763-9
定価:本体590円+税
ピンクレーベル

『クールなヤンキーくんの溺愛が止まりません!』 雨乃めこ・著

高2の姫野沙良は内気で人と話すのが苦手。ある日、学校一の不良でイケメン銀髪ヤンキーの南夏(なつ)に「姫野さんのこと、好きだから」と告白されて…。普段はクールな彼がふたりきりの時は別人のように激甘に!「好きって…言ってよ」なんて、独占欲丸出しの甘い言葉に沙良はドキドキ♡
ISBN978-4-8137-0762-2
定価:本体590円+税
ピンクレーベル

『幼なじみの溺愛が危険すぎる。』 碧井こなつ・著

しっかり者で実は美少女のりり花は、同い年でお隣さんの玲音のお世話係をしている。イケメンなのに甘えたがりな玲音に呆れながらもほっとけないりり花だったが、ある日突然『本気で俺が小さいままだとでも思ってたの?』と迫られて……!? スーパーキュートな幼なじみラブ!
ISBN978-4-8137-0761-5
定価:本体590円+税
ピンクレーベル